講談社文庫

新装版

落日の宴

勘定奉行川路聖謨（上）

吉村 昭

JN266908

講談社

目次

落日の宴

勘定奉行川路聖謨（上）

一

嘉永《かえい》六年（一八五三）十二月三日五ツ（午前八時）、川路《かわじ》左衛門尉《さえもんのじょう》聖謨《としあきら》は駕籠《かご》に乗り、赤間関《あかまがせき》（下関）の本陣をはなれた。行列は、家並の間を港の方にむかってすすんでゆく。

赤間関は、長府《ちょうふ》藩主毛利《もうり》元周《もとちか》の藩領で、前日、川路が本陣に入ると、家老が挨拶にきて、夕食には藩主よりの魚を主とした豪華な料理が出された。また、明日、海峡をわたる川路の船を先導する小倉《こくら》藩の藩船が対岸から赤間関の港に入っていて、小倉藩主の使者も挨拶にくるなど、本陣は混雑をきわめた。

川路は、前年の九月に勘定奉行《かんじょうぶぎょう》に昇進した。寺社、町奉行とともに老中《ろうじゅう》、若年寄《わかどしより》などにつぐ要職で、十月晦日《みそか》に江戸を発足《ほっそく》以来、赤間関につくまでの道中、その職がいかに権威あるものとみられているかをあらためて感じた。

中山道《なかせんどう》から山陽道を泊りをかさねてきたが、街道ぞいの諸藩では、藩の者が必ず国《くに》境《ざか》いまで出迎えに出ていて、警備の者とともに道案内に立つ。休息所や宿所では、藩主の指示による丁重なもてなしをうけ、家老らが路上で平伏《へいふく》して迎える地もあった。

川路は、それが勘定奉行に対する各藩の礼儀とされているのを知ると同時に、幕府の威光の大きさをしめすものであるのを感じた。

華美な行列が船着き場につき、川路は駕籠からおりた。

空は一片の雲もなく青く澄み、眼の前に凪《な》いだ海がひろがっている。対岸には枯葉の色におおわれた丘陵がみえ、海ぞいに帯のようにつらなる松の緑があざやかだった。

小倉藩の者の案内で、船着き場にもやってある小倉藩の船に供《とも》の者たちとともに乗った。それは艀《はしけ》だが、立派なつくりで、水主《すいしゅ》たちがもやい綱をとき、櫓《ろ》をつかんだ。

艀は、船着き場をはなれておだやかな海面をはやい速度ですすみ、十町ほど沖に停止した上下二層の豪華な佐賀藩の藩船「浮島丸」に接舷《せつげん》した。新任の長崎奉行が長崎にむかう時には、佐賀藩の藩船が海峡の渡海を引きうけ、任期を終えた奉行が江戸へもどる折には福岡藩が藩船を出す。その仕来《しきた》りにしたがって、大役を負って長崎へむかう川路には、佐賀藩の藩船が出迎えることになっていた。

川路は、艀から「浮島丸」に乗り移り、佐賀藩士たちの挨拶をうけた。

船には美麗な五色《ごしき》の緞子《どんす》の幕がはりめぐらされ、旗、吹き流しが立てられている。その中には、川路家の紋章である亀甲《きっこう》に三つ星の船印《ふなじるし》もまじっていた。風は逆風なので、帆はあげられていなかった。船は十六挺櫓《ちょうろ》で、さらに十六艘《そう》の曳舟《ひきふね》が「浮島丸」を太綱でひくようになっていた。

藩船の水主たちはすべて体格がたくましく、髪を惣髪《そうはつ》にしていて、舳《へさき》に立つ羽織、袴《はかま》の大船頭が旗をふって合図をすると、水主たちは一斉に櫓を漕《こ》ぎはじめ、曳舟もすすんでゆく。太鼓が打ち鳴らされてそれと調子を合わせて櫓が動き、水主たちは声をそろえて船歌をうたった。

潮ははやく、水主たちは流されまいとして櫓を力をこめて漕ぐ。前方には、紫の幕をはった小倉藩の藩船が、案内役をつとめて先航してゆく。

海上には所々に漁船がうかび、海鳥が雪の舞うように群れ飛んでいる海面もある。川路は立って、はなやかな渡海をながめていた。

しばらくして河口が近づき、船は速度をゆるめた。船が河に入って接岸し、川路は船着き場にあがった。

附近一帯に見物の者たちがむらがり、正装した町役人らしい者の姿も見える。家並は、おだやかな陽光を浴びていた。

船着き場には小倉藩の家老、諸役人をはじめ佐賀、福岡両藩の藩士や代官の使者ら多数が待っていて、川路にふかぶかと頭をさげると、それぞれ丁重に安着《あんちゃく》の祝いの言葉を述べた。後続の船も船着き場についてはなやかな行列が再びくまれ、川路は駕籠に身を入れた。

騎馬をふくむ小倉藩の警備の者が前後をかため、行列は小倉の町の中へ入っていった。

前年の八月下旬、大坂町奉行の任をとかれて江戸へもどった川路は、九月十日に公《く》事《じ》方《かた》勘定奉行に任命された。小普請組《こぶしんぐみ》の小吏《しょうり》から昇進をつづけて最高位ともいうべき勘定奉行に任ぜられたことは、かれ自身にとっても奇蹟としか思えぬ信じがたい栄誉であった。それは、かれがゆたかな知識と冷静な判断力をかねそなえた幕吏としての卓越した才能にめぐまれていることを、閣老たちが高く評価していたからであった。

川路は、進歩的な諸大名とひんぱんに交流し、洋学の知識を身につけた江川英龍《ひでたつ》、羽倉外記《はぐらげき》、渡辺崋山、矢部定謙《さだのり》らとの親交もふかかった。かれをとりまく人間関係はきわめて多彩で、それがかれの幕吏としての才能を一層ゆたかなものにし、それらの者たちから親愛と信頼を得ていた。

勘定奉行に就任して間もない九月二十日、かれは、

「浦々御備《おそなえ》場掛り石河土佐守、松平河内守同様可二相勤一」

という辞令をうけた。

勘定奉行は定員四名で勝手方（財務担当）と公事方（訴訟関係担当）にわかれ、石《いし》河《こ》（政平《まさひら》）と松平（近直《ちかなお》）はいずれも勝手方で、川路とともに外国事情に通じた海防論の持主であることから、海岸防備の役目を命じられたのである。

三ヵ月半前の六月五日、退任するオランダ商館長ローゼの後任としてヤン・ヘンドリック・ドンケル・クルチウスが、オランダ船で長崎についたが、かれは、蘭領東インド総督から幕府あての情報をつたえる公文書《こうぶんしょ》をたずさえていた。幕府は、オランダ政府に対して毎年一回長崎に入港するオランダ船に世界情勢をつたえる公文書を託すよう要請し、それはオランダ風説書として幕府の重要な情報源となっていた。

クルチウスがもたらした公文書には、前年の一八五一年（嘉永四年）、アメリカ合衆国がペリーを使節として強力な艦隊を日本に派遣することを国会で決議したことが

記されていた。その公文書は、年番大通詞西吉兵衛と年番小通詞森山栄之助によって和訳され、江戸に急送された。

異国船の出没に危機感をつのらせていた幕府は、その内容に衝撃をうけた。真偽をいぶかる者もいたが、アメリカ艦隊の来航を想定して海岸防備を一層強化する必要があるという意見が支配的で、川路を石河、松平とともに「浦々御備場掛り」に任命したのである。

川路は、海岸防備に熱意をもって取りくんでいる江川英龍や欧米の兵術を研究している佐久間象山らの意見を参考に、石河、松平と討議をかさねた。が、構想を立てたものの幕府の財政状態は窮乏し、莫大な費用を要するだけに実行に移すにはいたらなかった。

翌嘉永六年六月、オランダ政府の情報どおり江戸湾に海軍代将ペリーを使節とした四隻のアメリカ軍艦が入ってきた。

大統領フィルモアの親書をたずさえたペリーの態度はきわめて強圧的で、浦賀《うらが》奉行戸田氏栄《うじよし》は、容易ならざる「軍船ニて此上之変化難レ計《はかりがたし》」と幕閣に報告した。

異国の国書は長崎で受けとる定めになっていたが、艦隊側は長崎への回航を拒否して戦闘行動も辞さぬような威嚇《いかく》行動に出たため、老中たちは久里浜《くりはま》の接見所で国書を受けとらせた。

　ペリーは、来年の四月か五月に親書に対する日本の回答を受けるためこの地に再び来航する、と告げ、六月十二日、艦隊は江戸湾から去った。

　その間、川路は、日本の防備力がきわめて貧弱で、アメリカ艦隊を刺戟することは日本の滅亡につながるという信念のもとに、和戦の激しい議論がかわされる中であくまでも戦争回避を主張しつづけた。巧《たく》みに時間かせぎをして、その間に武力の強化につとめ、それが成った折に強い態度でのぞむべきだ、と発言し、それは、老中首座阿部正弘の考え方と一致していた。

　阿部は、早くから海防に積極的な発言をつづけている前水戸藩主徳川斉昭《なりあき》の意見をもとめようとして、アメリカ艦隊が退去した翌々日の六月十四日、川路と西丸留守居の筒井政憲《まさのり》を駒込《こまごめ》の水戸藩邸におもむかせた。

　七ツ半（午後五時）に藩邸についた川路と筒井は、斉昭のいる奥座敷に通された。

　川路は、それまで親しい水戸藩士藤田東湖《とうこ》を介して斉昭と書簡をかわしていたが、強烈な個性をもつ斉昭に近づくことは好ましくないと考えて避け、この日初めて対面したのである。

　川路が主として発言し、幕府をはじめ諸藩の防備力がとぼしく、さらに二百余年の泰平で武士道は衰え、万国にまさる強国のアメリカに戦いをいどめば、わが国の滅亡は避けられない、という持論を述べた。また、幕閣内に、交易をのぞむアメリカの要求をいれて、オランダに許している貿易量の半ばをみとめてはどうかという意見があることも口にした。

これに対して、斉昭は、幕府創設以来の鎖国政策に反する交易をみとめることには反対である、と答えた。

さらに川路は、五年、十年と相手の要求をいれるともなく断わるでもなく俗に言う「ぶらかす」ことをつづけ、その間に武備をととのえるべきである、と言った。これについては、斉昭も同意見で、それより深夜まで懇談した。

二人が藩邸を辞す時、斉昭は激励の意味をふくめて常におびている大刀を川路に、小刀を筒井にあたえた。

ついで十八日に、川路と筒井は、阿部の意をおびて八ツ半（午後三時）に再び水戸藩邸を訪れ、夕刻に辞去した。斉昭に海防について幕議に参加してくれることを望んでいた阿部は、斉昭がそれを受けいれる意思があるかどうかを川路と筒井に打診させたのである。

その日、幕府は、若年寄本多忠徳《ただのり》を介して川路と目付《めつけ》戸川安鎮《やすしげ》、伊豆韮山《にらやま》代官江川

英龍に、

「近国海岸、見分として被㆓差遣㆒」

を命じた。

これによって川路らは、二十二日六ツ半（午前七時）に江戸を出立し、炎暑の中を江戸湾ぞいの地を巡視し、台場で大砲の試射等も見分して、二十九日に江戸へもどった。

その巡視結果は文書で阿部に報告されたが、江川の意見具申が幕閣の注目を浴びた。

それまで江戸湾に砲台がもうけられていたのは主として湾口附近で、異国船の軍船を砲撃によって威嚇することを目的としていた。が、ペリー艦隊は、示威のため湾内ふかく進航して江戸をのぞむ位置まで達した。もしも艦の砲が火を吐けば、たちまち江戸は砲撃にさらされる。それを憂えた江川は、江戸の前面の海に強力な台場（砲台）を設置することを提案し、それによって異国の軍船が江戸に近づくことを阻止すべきである、と強く主張した。

阿部は、その建言を全面的に受けいれ、品川沖に台場構築を決定した。

七月二十三日、阿部は、川路、松平近直、勘定吟味《ぎんみ》役《やく》竹内保徳、江川の四名に台場

普請掛、大砲鋳《い》立《たて》掛を老中列座の中で申渡し、「……不ニ容易一《よういならざる》御用伺《うかがい》ニて如何にも大業の儀ニ付……一同精力を尽《つく》し、いづれも助精《じょせい》致候様」という文書をあたえた。

江川が工事の実務を担当し、川路ら三名はそれに要する資金調達と資材、人足の確保その他にあたることになった。

江川の台場構築計画は、壮大であった。

多くの西洋兵書の中からヘンケルベルツの築城書にある間隔建堡塁《ほるい》のリニー式を採用し、海に五角形または六角形の台場を十一、鎖の環のようにならべてきずく。総面積は十二万七千五百五十四坪八合で、アメリカ艦隊の再来にそなえて一年で完工する。まず第一番台場から六番台場までをきずき、これらの台場に計二百六十門の大砲をすえる。台場工事、大砲鋳造の費用は約九十万両と算出された。

川路らは、その財源を一般町民からの上納金でまかなうことにし、江戸をはじめ大坂、堺などの豪商にはたらきかけた。黒船の来航に危惧をいだいていた豪商たちは、その呼びかけに応じて上納した。

その間に、阿部は、六月晦日、江戸の水戸藩邸を訪れ、斉昭に幕議参加を強くもとめた。斉昭は固辞したが、阿部の熱情に屈してうけいれた。それによって幕府は、七月三日、斉昭を海防参与に任じ、斉昭は登城して幕府の対外政策に大きな影響力をあたえるようになった。

　斉昭の一貫した考え方は、幕府の中枢部の意見を統一してそれを全国諸藩に徹底させ、軍備を大増強させることであった。かれは、日本が欧米の強国の植民地にされる恐れがあると考え、戦争回避の姿勢をとりながら、大砲鋳造、蒸気艦の外国よりの購入、国内での建造を強くねがっていた。それについて同じ意見を持つと思われる者に書簡を送っていたが、川路にも具体的な実施方法を詳細に記した書簡が、藤田東湖の手によってとどけられていた。

　七月二十七日、早飛脚が長崎より到来、その内容に幕閣は動揺した。長崎奉行大沢秉哲《のりあき》から老中首座阿部正弘へのもので、七月十八日に四隻のロシア艦隊の長崎入港をつたえていた。

　大沢は、奉行手付大井三郎助らを検使としてロシア艦に派遣し、オランダ語の通訳官である副官ポシェット少佐と対面した。ポシェットは、使節プチャーチン中将が幕府あての国書と長崎奉行あての書簡を持ってきたと告げ、検使は奉行あての書簡のみを受けとり、国書を受領するか否かは幕府の指示をあおぐ必要があると答え、艦をはなれた。

　奉行への書簡はオランダ語と中国語で書かれた二通で、国書を江戸へ送って欲しいと記されていた。

大沢の書状には、ロシア艦の帆柱に国籍をしめす「おろしや国」と白地に平仮名で書いた旗がかかげられ、異国船の国書受けとりは長崎にかぎられているという日本の国法をまもって、まず長崎に入港した、というロシア側の申し立ても記されていた。ロシア艦側は、少しも威圧するような気配はみせず、「船中一統《いっとう》　作法相守　至而《いたって》平穏ニ候」と、その印象も書きそえられていた。

アメリカ艦隊につぐロシア艦隊の来航に、阿部をはじめ老中らは憂色につつまれたが、ペリーとちがってプチャーチンが国法をまもり、しかもおだやかな態度をとっているという大沢の報告にわずかな救いを感じた。すでにペリーから国書を受領しているかぎり、ロシアからの国書の受けとりをこばむことはできぬという意見が支配的で、八月三日、阿部は、長崎奉行に対して国書を受けとり、江戸へ送るよう指示した。

それによって、八月十九日、プチャーチンは上陸して奉行所で国書をわたし、大沢は翌日手付馬場五郎左衛門ほか一名に国書を託して江戸へむかわせた。

国書は、九月十五日に江戸につき、ただちに和訳されて阿部に提出された。

その内容は、一は、樺太、千島列島の日露国境をさだめること、二は、条約を締結して日本と交易をしたいことで、ロシア国皇帝はプチャーチンを使節として派遣し、国書を呈する次第である、と記されていた。

老中たちは、この国書について評議をかさねた。

長崎奉行からの報告によると、使節プチャーチンは、陸路または海路によって江戸にいたり、老中らと折衝したいと希望しているという。もしも、ロシア艦隊が江戸湾に入ってくれば人心の動揺は激しく、それを回避するためには老中に準ずる資格のある者を長崎に派遣し、プチャーチンと接触させるのが好ましい、ということで意見が一致した。

人選が慎重にすすめられ、十月八日、西丸留守居筒井政憲、勘定奉行川路聖謨、目付荒尾成允《しげまさ》、儒者《じゆしや》古賀謹一郎に応接掛として長崎へおもむくようにという命令が下された。それと同時に筒井は大目付、川路は公事方から勝手方勘定奉行に、古賀は将軍に拝謁《はいえつ》を許される布衣《ほい》をあたえられた。

川路は、北辺の地の国境画定《かくてい》は、日本にとってきわめて重大であることを感じていただけに、責任の重さを感じるとともに、交渉は難航するにちがいない、と予想した。

かれは、はやくから千島・樺太の事情に精通している部下の普請役間宮林蔵を温く遇して北辺の地の知識を得ることにつとめ、日露両国民が混住する樺太については、オランダの新しい地図に国境を北緯五十度の地としていることから、それを国境とすべきだ、とひそかに考えていた。また、千島列島は、エトロフ島はむろんのことウルップ島まで日本の領土とするのが妥当《だとう》である、ともしていた。

これらの点について、かれは筒井と意見をかわし、さらに北辺の地にふかい関心を寄せている徳川斉昭を藩邸にしばしば訪れて、その所見をたずねることをくり返した。

阿部にも会って自分の意見を述べ、阿部は川路の考え方を正当と評価し、その線にそって交渉にあたるようはげました。また、開港と通商の件については、即答を避けて時期をのばすことで意見が一致した。

十五日には、川路の随員として勘定組頭中村為弥《ためや》、勘定評定所留役《とめやく》菊地大助、支配勘定日下部《くさかべ》官之丞《かんのじょう》、普請役篠原友太郎《ともたろう》、小比賀《こひが》林蔵、石川周蔵が任命され、また荒尾の随員に徒士《かち》目付長坂半八郎、永持亨次郎らが任ぜられた。さらに、川路の希望で、洋学者箕作阮甫《みつくりげんぽ》も訳者としてくわえられた。

川路は、水戸藩に仕えている宮崎復太郎（日下部伊三治《いそうじ》）をはじめ藤田東湖の従弟原任蔵《にんぞう》（後に市之進）の請《こ》いをいれて、家来として同行させることにした。

応接掛は老中に準ずる者として長崎におもむくので、行装《こうそう》をはなやかにする必要があり、槍、挟箱《はさみばこ》、台弓《だいゆみ》、袋入鉄砲、駕籠等を大名行列と同等のものとすることになった。旅の支度があわただしくすすめられ、出発は十月晦日と決定した。

準備はすべてととのって、前日の四ツ（午前十時）に川路は登城し、筒井、荒尾、古賀とともに将軍家定《いえさだ》に拝謁し、家定からねんごろな励《はげま》しの言葉をうけた。ついで老中、若年寄らに出立の挨拶をしてまわり、夕刻に帰宅して溜《たまりのまづめ》間詰の諸大名と芙蓉《ふよう》の間に詰める寺社、江戸町、勘定の三奉行、大目付らに挨拶の書状を書き送った。

諸役人が挨拶に訪れてきたが、藤田東湖もきて、徳川斉昭がみずからつくった薬を贈ってくれた。

ロシアの国書に対する幕府の回答書は、荒尾がたずさえて先発する予定であったが、清書に手間どって翌日の出発にも間にあわず、川路が先行して、清書ができ次第、川路にとどけることになった。

翌朝は晴れで、川路の行列は五ツ（午前八時）に虎ノ門の自邸を出立した。筒井はつづいて四ツ（午前十時）に、荒尾は八ツ（午後二時）に出発の予定で、それは道中、宿場での宿泊や人馬の調達に支障をきたさぬよう少くとも一日の間隔をおいて旅をする配慮によるものであった。

途中まで親族、友人その他出入りの町人ら多くの者の見送りをうけて行列はすすみ、戸田の渡しで荒川をこえ、蕨《わらび》宿で昼食をとり、大宮宿で止宿した。

翌日も晴れで、行列が宿場をはなれると、川路は駕籠をとめさせており、歩き出した。五十三歳とは思えぬ軽い足取りであった。

かれは通常、足腰をきたえることに異常なほどの熱意をいだいていた。夜明け前に起きて居合抜、大刀の素ぶりをつづけた後、甲冑《かっちゅう》を身につけ大刀をさして走るようなはやさで歩くことを日課としていた。旅で一日三十里歩くという間宮林蔵の健脚に感嘆し、夏期に間宮が裸足で歩くのを習いとしているのは足の裏が柔かになるのをふせぐためだときき、かれは毎朝の歩行も裸足にした。そのような鍛練をしてきたかれは、駕籠の中でゆられているより歩く方が気分が爽快だったのだ。

上尾《あげお》、桶川《おけがわ》、鴻巣《こうのす》の各宿場も徒歩ですぎ、その日の泊りである熊谷《くまがや》宿に入る時に、勘定奉行の威厳をたもつため駕籠に乗っただけであった。

寒気はきびしく、往来の打水《うちみず》は凍っていた。家来に持たせていた寒暖昇降器は、華氏四十度をしめしていた。

寒暖計は、江戸中期にオランダからもたらされたが、その後国産のものが増し、川路が所持しているのは田原藩家老の渡辺崋山が自製して贈ってくれたものであった。

その寒暖昇降器に手をふれるたびに、川路は崋山を思い、目付鳥居耀蔵《ようぞう》のけわしい眼の光を思いうかべた。

　天保八年（一八三七）六月二十八日、安房《あわ》国大房《たいぶさ》沖にアメリカのオリファント貿易会社の「モリソン号」が姿をあらわし、浦賀に接近した。「モリソン号」は、漂流民岩吉、久吉、音吉、庄蔵、寿三郎、熊太郎、力松を乗せていて、これらの漂流民を日本に送りとどけ、日本との交流を望んでいた。幕府は、文政八年に理由のいかんを問わず異国船を打ちはらうことをさだめていて、浦賀奉行はそれにしたがって警備の者に発砲を命じた。「モリソン号」は退去したが、再び来航するという声がたかく、幕府は、その折には容赦なく砲撃を浴びせる意志をかためた。

　それを知った洋学を身につけた者たちは、そのような行動をとれば、東洋の植民地政策を積極的に推《お》しすすめているイギリスが、それを口実に軍事行動に出て日本を占領する恐れがある、と予測した。

　洋学者である崋山は、幕閣に対してそれは危険であると強くうったえ、さらに「慎機論」を書いて警告した。また、オランダ書の飜訳で崋山を助けていた高野長英も「夢物語」を書き、「モリソン号」が再来航した折には、漂流民を受けとり、鎖国政策によって交易はできぬ事情をさとし、おだやかに退去させるべきだ、と説いた。

儒学の名家である林家にうまれた目付鳥居耀蔵は、極端に洋学を嫌忌《けんき》していて、洋学を身につけた者たちが政治の表面に出てきていることに激しい憎悪をいだいていた。かれは、洋学研究集団である蛮学社中にぞくする者の粛清をくわだて、かれらを鎖国政策を批判する危険人物たちである、と老中首座水野忠邦に告発した。

それをいれた水野は、関係者の捕縛《ほばく》を命じ、蛮社の獄がおこった。崋山は捕われて田原藩あずけとなって永蟄居《えいちっきょ》の身となり、後に自刃し、長英は投獄されて永牢の刑に処せられた。また、崋山と親しかった蘭学者小関三英も、司直の手がのびるのを予想して自殺した。

鳥居は、蛮学社中の者たちの一掃をくわだて、ことに代官江川英龍、羽倉外記とともに勘定吟味役の川路の三人の捕縛を水野に強くもとめた。川路は、異国船打ちはらい令は好ましくない、と水野に建言したこともあって、はなはだ危険な立場にあった。

かれが辛うじて難をまぬがれたのは、水野の配慮によるものであった。水野は、川路をはじめ江川、羽倉の有能さを高く評価していて、調査の結果、処罰の要なしとして鳥居の進言をしりぞけたのである。

蛮社の獄がすすむ間の恐れは、思い出すたびに背筋が凍りつく。小関が自殺したように、蛮学社中に参加していた者は、今にも捕吏が家に押しかけてくるような予感におびえ、川路も例外ではなかった。捕われれば着実に昇進してきた幕吏としての地位をうばわれ、投獄される。老いた親や妻子が路頭に迷うことが、かれには堪えがたかった。

幸いにして獄をまぬがれることはできたが、その後も鳥居のけわしい眼が自分にそそがれているのを感じていた。

水野は、天保改革を推しすすめるため鳥居と天文方見習兼書物奉行渋川六蔵、御金《ごきん》改《あらため》役《やく》後藤三右衛門《さんえもん》を側近とする一方、川路、江川、羽倉ら開明派の意見にも耳をかたむけ、相反する保守、進歩の幕吏を重用していた。

やがて鳥居は、川路と親しい南町奉行矢部定謙の奉行就任の折に不正があったとして告発、矢部を追放して桑名《くわな》に禁錮《きんこ》し、自らは水野の推挙で目付から南町奉行に栄進した。川路は、鳥居が最も失脚をねらっているのは自分と江川であるのを感じ、少しでもつけこむすきをみせれば矢部同様の処分をうける恐れがあると考え、たえず言動に注意することにつとめた。

その後、矢部は絶食して命をたち、さらに鳥居は、兵学者高島四郎大夫が邸を要害のようにして謀反《むほん》の気配があるとして告発し、投獄した。川路は、鳥居の洋学に対する憎悪のふかさに一層恐怖をいだいた。

川路がようやく安らいだ気持になったのは、九年前の弘化《こうか》元年に鳥居が罷免《ひめん》されてからであった。強引に権力を行使し陰謀家として辣腕《らつわん》をふるったことによる失脚で、鳥居は讃岐《さぬき》丸亀《まるがめ》藩あずけとなった。

崋山は蛮学社中の中心人物として洋学に対する知識はふかく、鋭い外交感覚をそなえ、かれの自殺は日本の大損失であった、と川路は思っていた。寒暖昇降器は崋山の遺品で、かれはその計器を大切にしていた。

川路は、道中、ほとんど徒歩で中山道をすすんだ。

かれは、幕吏として常に倹約を心がけ、生活はきわめて質素であった。日常の寝具、衣服は綿のものを使用し、食事は一汁一菜であった。酒は大いに好んだが、旅行中は禁酒するのが常で、長崎への旅もそれを自らに課し、家来たちにも厳守させていた。

本庄、松井田、望月と泊りをかさね、和田峠では大吹雪にみまわれた。寒暖昇降器は三十二度をしめし、笠の紐《ひも》は凍りつき、難渋《なんじゅう》して峠を越えた。その後も、降雪の中を歩いたが、旅の手配をする道中師から、駕籠に乗らず歩いてもらっては駕籠かきの頭領の家業が成り立たない、と苦情が出された。川路は笑いながらもそれをいれ、昼前三里、昼後三里を歩くにとどめた。

十一月十日夕、冷雨の中を加納宿につき、本陣に入った。

その夜、大坂町奉行から急飛脚が本陣に到来した。書面によると、佐賀藩の大坂蔵屋敷の留守居役から届書が町奉行に提出され、その届書の写しを同封する、とあった。写しには、長崎に碇泊《ていはく》していたロシア艦隊が突然出港したことが、長崎奉行から十月二十三日に佐賀藩に通達された、と記されていた。佐賀藩は長崎港の警備を担当していたので、奉行がそれをつたえたのである。

ロシア艦隊が、なぜ出港していったのか。七月十八日に長崎に入港してから三ヵ月余がたち、使節プチャーチンは、長崎奉行から応接掛として重臣の筒井、川路らが長崎にくることをつたえきいていたが、長い滞留にいらだち、江戸にむかったとも想像された。

しかし、川路らが長崎へむかっていることを知っているのに、艦隊が出港していったことは不可解であった。

川路は、書面を手に思案した。艦隊が退去したかぎり、長崎へゆく必要はなくなっている。が、後続の筒井、荒尾と協議して結論を出すべきで、かれらがくるのを加納宿で待つことになった。

かれは、明日の加納宿出立を延期することを触れさせると同時に、筒井、荒尾のもとに急飛脚を出した。

翌日の八ツ（午後二時）、江戸から勘定奉行連署による急用状がとどいた。

「長崎表へ渡来の魯西亜船四艘、去月廿三日退帆いたし候」として評議したが、川路ら一行が出立したのに呼びもどしては、異国船のためにふりまわされるようで好ましくない。呼びもどした後にロシア艦が一隻でも長崎に再入港してきたとしたら、ロシア艦隊側との約束にそむくことになり、やはりお役目どおり長崎へむかうのが妥当である、と記されていた。

その用状とほとんど同時に、老中首座阿部正弘からの書状も到着した。それは、ロシア艦の再来航も考えられるので長崎にゆくようにという命令書であった。

川路も、同じ考えをいだいていて、阿部の命令を至当だと思った。

七ツ（午後四時）に、後続の筒井の行列が加納宿に入ってきた。筒井は七十六歳だが、雪の峠を歩いて越すなど元気であった。

翌十二日の八ツ半（午後三時）頃には荒尾も到着、川路の宿所に集って話し合った。

順次、長崎にむかうことになり、夕刻がせまっていたが、川路一行はあわただしく出立の準備をととのえ、加納宿をはなれて河渡宿《ごうど》に入り、宿泊した。

翌朝は六ツ（午前六時）前に出立、武佐《むさ》、大津と泊りをかさね、大坂に入り、山陽道をすすんだ。

途中、通過する地の藩主から饗応《きょうおう》をうけ、贈物がとどけられた。これについて、江戸を出発する前、これらをうけてよいかどうか、かれは老中に伺書《うかがいしょ》を出した。老中から受けても差支えはないという回答を得、それで受けることはしていたが、禁酒をしている身なので、饗応をうけても杯を手にすることはしなかった。

姫路、岡山、尾道、広島をへて、街道を西進し、十二月二日に赤間関にいたり、翌日、海峡をわたって小倉へ上陸したのである。

翌四日暁《あけ》七ツ半（午前五時）、川路は駕籠に乗って小倉を出立した。城下をはなれると、いつものように駕籠をとめており、朝の澄んだ空気の中を歩いた。空は厚い雲におおわれていた。

小倉から一里半すすむと筑前《ちくぜん》との国境いに達し、そこに筑前藩主黒田長溥《ながひろ》の家臣永井太郎ら三人が出迎えていた。永井は、川路が昼の休息をとることになっている木屋瀬《こやのせ》に、鷹狩りをかねた長溥が今日は川路、明日は筒井、明後日は荒尾のくるのを待っていて、川路に会うことを欲している、と言った。

旅を急ぐ川路は当惑したが、五十二万石の大名の申出を断るわけにもゆかず、木屋瀬についた川路は、衣服をあらためて長溥のいる茶屋におもむいた。

多くの家臣が平伏して出迎え、長溥は、川路を上座に坐らせて挨拶し、美事な料理を出して饗応した。

筑前藩領では金と銅の試掘がおこなわれていて、長溥は佐渡奉行をしていた川路に金山のことについてたずね、川路は自分の得ている知識を告げたりした。

懇談も終え、川路は長溥に別れの挨拶をし、あわただしく木屋瀬の宿所にもどると旅の衣裳に着がえて出立し、夕刻近くにその日の宿泊地である飯塚《いいづか》についた。

本陣に入ると、思いがけず実母の弟である高橋古助が座敷に入ってきた。古助は、飯塚の東南方十一里の位置にある日田《ひた》代官所の手付、普請役元締格で、川路がくるのを知って日田をはなれ、本陣で待っていたのである。

川路は久しぶりに会う古助がなつかしく、本陣の者にたのんで長溥から贈られた雁《かり》を調理させて振舞った。古助は、川路が勘定奉行にまで出世したことを日田の者たちが郷土の誇りとし、このたび、大役を仰せつかって長崎におもむくことをことのほか喜んでいる、と言った。

日田は川路の生地で、幼時の三年間をすごした郷里であった。

父の内藤吉兵衛《きちべえ》は、諸国を流浪の末、日田に入り、親交をむすんだ代官所手代高橋小太夫のすすめで代官所の小吏となった。漢学の素養もある吉兵衛に敬愛の念をいだいていた小太夫は、娘をかれにとつがせ、やがて夫婦の間に子がうまれたが三歳で早世し、ついで享和《きょうわ》元年四月二十五日に男子がうまれ、弥吉《やきち》と名づけた。それが川路であった。

吉兵衛は江戸に出て幕府に仕えることを志して日田をはなれ、弥吉は、四歳の折に母にともなわれて江戸にむかい、父の住む借家に入った。やがて吉兵衛は、念願かなって幕府の西丸徒士《かち》に採用され、牛込北御徒町《うしごめきたおかちまち》の徒士組屋敷に住み、弥吉九歳の十一月に弟松吉が生れた。

弥吉は父から四書《ししょ》の講読をうけ、十二歳で友野霞舟《とものかしゅう》の門に入って漢学をまなんだ。その年、小普請組川路三左衛門光房に請われて養子となり、翌年、三左衛門の隠居にともなって家督を相続し、元服して歳福《かずとみ》、後に聖謨とあらためた。

文化十四年、十七歳で勘定所の筆算吟味をうけて及第《きゅうだい》し、翌年、支配勘定出役《しゅつやく》、評定所書物方当分出役となった。その間、剣術、槍術、馬術の修業につとめ、二十七歳で寺社奉行吟味物調《ものしらべ》役になり、三十五歳の折に出石《いずし》藩の内紛の処理に絶妙の審理をしたことがみとめられ、老中大久保忠真《ただざね》の推挙によって勘定吟味役に抜擢《ばってき》された。その後、炎上した江戸城西丸の普請御用の役目をはたし、四十歳で佐渡奉行に任ぜられ、江戸に帰った後、小普請奉行となった。四十六歳で奈良奉行、五年後には大坂町奉行に転じ、前年に江戸に召還されて勘定奉行に就任したのである。

父は西丸徒士にすぎず養父も小普請組で、川路自身、勘定奉行にまで栄進するなどとは夢想もしていないことであった。実父の吉兵衛は川路が二十二歳の時に熱病にかかって死去し、川路は、実母と養父母をやしなっていた。

古助は、叔父としてまことに肩身がひろい、と涙ぐんでくり返し言い、日田の大原八幡神社の神主が、このたびの川路の長崎行の成功を祈って祈禱《きとう》の札を神前にささげたことなども口にした。

その夜、川路は古助と深夜の九ツ（午前零時）すぎまで語り合った。

翌日は夜明けに古助と別れの挨拶をかわして出立し、九州路で第一の嶮路《けんろ》と言われる冷水《ひやみず》峠を二尺七寸の刀をおびて徒歩で越え、その折、

長がたな　かごにものらずとしよりの

ひや水峠　ふみ越て候

と詠《よ》み、家来一同、大いに笑った。

山家《やまえ》で昼食をとり、肥前《ひぜん》の国に入って田代で泊り、翌六日朝七ツ（午前四時）に出立し、八ツ半（午後三時）に肥前の城下佐賀についた。

佐賀に入る直前、長崎奉行からの早飛脚が川路のもとに書状をもたらした。

文字を眼で追ったかれは、やはり途中で江戸に引返さず旅をつづけてきたことは賢明だった、と思った。書状には、「今五日卯下刻、異国船四艘渡来ニ付、相糺《あいただ》し候の処、先達《せんだつ》て当沖出帆のおろしや船再渡の趣申し立て候に付……」と、ロシア艦隊が再び長崎に入港してきたことが記されていた。五日というと前日で、長崎奉行は書状を早飛脚に託し、川路に報告したのである。

それにつづく文面には、川路ら露使応接掛が江戸からまだ長崎についていないことを知ったプチャーチンが、大いに気分をそこねて明六日より三日以内に応接掛が長崎に到着しない場合は、艦隊を江戸湾にむかわせると告げた、と記されていた。

奉行は、「御差急《おさしいそ》ぎ御着崎（長崎）御座候様……」と、至急、長崎にきて欲しいと懇請《こんせい》していた。

川路は、おろかしいことを申す露使め、そのようなおどしに乗らぬ、と思いはしたが、奉行の窮状も察せられ、さらに道を急ぐことにした。

佐賀に入ると、川路は、筑後川から船で長崎へおもむく方法があることを知り、早速交渉させたが、船がすべて出はらっていて、予定どおり長崎街道をゆく以外にないことを知り、深夜九ツ（午前零時）に出立するという触れを出した。

川路の入った呉服町の本陣に肥前藩主鍋島直正《なべしまなおまさ》が家臣をしたがえて訪れてきて、川路は玄関次の間に出迎え、上座に坐って直正の挨拶を受けた。

直正は、海外文明の導入に積極的で洋学を奨励し、海防を重視して兵器の改良につとめ大砲鋳造を推しすすめていた。そのような直正に畏敬の念をいだく川路は、これまで直正と親しく書簡をかわしていたが、会うのは十年ぶりであった。

直正は、長崎にロシア艦隊が再来航したことを長崎奉行からの早飛脚で知ったので、家老多久長門を藩士とともに急いで出立させた、と言い、ロシア艦隊に対する所見を述べたりした。

川路一行が旅を急いでいるのを知った直正は、まだ懇談したい様子であったが、川路が長崎からの帰途にあらためて長時間話したいと言ったので、六ツ（午後六時）すぎに帰城していった。

夜の九ツ（午前零時）、佐賀を出立した。

空には星の光がみち、提灯をつらねた行列は街道をすすんだ。気温は低く、人馬の呼気は白かった。川路は、駕籠の中で眠った。

やがて、鶏の鳴く声が遠く近くきこえ、眼をさましたかれは、声をかけて駕籠をとめさせ、おりると歩き出した。

夜空が青みはじめて夜が明け、提灯の灯が吹き消された。

川路は足ばやに歩き、それにつれて行列の動きもはやくなった。途中、小休止して朝食、昼食をとり、砂地の清潔な道を急いだ。体が汗ばみ、寒さは感じなかった。

街道ぞいには椿の花がひらき、耕地には菜の花の色がひろがっている。人家の近くには、あでやかな色をした実のなっている唐蜜柑の木が所々に見えた。

空に雲がひろがり、七ツ（午後四時）頃から雨になった。川路らは蓑《みの》、笠をつけ、夕闇がひろがりはじめた頃、大村藩領の海ぞいにある彼杵《そのぎ》についた。佐賀を出てから十五里で、二日間の道程を一気にその宿場まできたのである。

川路は夕食をとると、ふとんに身を横たえ、波の音がはなはだしかったが熟睡した。長崎奉行には、飛脚で彼杵到着をつたえていた。

四ツ半（午後十一時）に起きた川路は、供の者とともに九ツ（午前零時）に出立した。雨はやんでいた。

提灯の長い列が大村湾ぞいの道をすすんだ。プチャーチンが三日以内にと期日をきった日は今日ということになるが、長崎奉行からの早飛脚で、奉行が一両日中に必ず幕府の重臣が到着するとねばり強く談判をかさねた結果、ようやくプチャーチンも納得したという連絡が入っていた。

長崎までは二日間の道程であったが、川路はその日の夕刻までには長崎に入ることを家臣らにつたえ、駕籠には乗らず歩きつづけた。

大村について朝食をとり、あわただしく出立した。まだ夜は明けず、にわかに強風にみまわれ、かすかに雨も降ってきた。

風に消える提灯もあったが、夜が明け、雨もやんで雲が切れ、朝の明るい陽光がひろがった。

川路は、家臣の先頭を歩き、おくれる者も多く、長い行列になった。海には、帆をふくらませた船が動いているのが見えた。

諫早《いさはや》をすぎ、矢上《やがみ》宿に入っておそい昼食をとった。長崎まで三里弱で、長崎へは威儀を正して行列をくんで入る必要があり、そこで後続の者たちを待った。長持《ながもち》や挟箱をかついだ者たちにつづいて駕籠も到着し、それらの者も食事をとり、やがて行列がくまれて出立した。

川路は、駕籠に乗らず、そのかたわらをゆっくりと歩いた。

日見峠には、正装した長崎の地役人多数が出迎えていた。

川路はかれらの挨拶をうけ、急坂の峠道をくだると駕籠に身を入れた。駕籠は下りの道をすすみ、かれはまどろんだ。

夕六ツ（午後六時）すぎに駕籠が長崎に入り、中島の高木貞四郎の屋敷についた。高木は十人扶持《ぶち》の鉄砲方だが、その屋敷は三千石以上の者の役宅のような広さで、川路一行の宿所に提供するため空屋敷になっていた。

旅をしている間は通過する地で食事が用意されたが、長崎に到着してからは随行してきている普請役が一切の手配をする。普請役は、川路が徹底した倹約をしているのを知っていたので、安着の祝いとして焼物と吸物にわずかな酒を一同に出しただけであった。

食事をすませた頃から、ロシア側と接触をつづけていた長崎奉行所手付萩原又作ら役人たちがぞくぞくと姿をあらわし、オランダ小通詞森山栄之助もやってきた。

森山は、五年前の嘉永元年に西蝦夷《えぞち》地の利尻《りしり》島に上陸し長崎に護送されたインディアン系アメリカ人ラナルド・マクドナルドから、本格的な英語の会話を修得した。翌二年、マクドナルドらアメリカの漂着民引取りにアメリカ軍艦「プレブル号」が長崎に入港した時、森山は「プレブル号」側との折衝に英会話を駆使し、功績をあげた。それを知った幕府は、浦賀に来航したペリーのひきいるアメリカ艦隊との交渉の通訳を担当させようとして森山を江戸にまねいた。が、かれが江戸に到着する前にアメリカ艦は去り、かれは、長崎奉行大沢秉哲と交代する新任の奉行水野忠徳一行にくわって、二ヵ月半前に長崎にもどり、ロシア艦隊との折衝の通訳を委任されていた。

川路は、役人や森山らが口にするロシア使節たちとの折衝経過を九ツ（午前零時）すぎまで聴取した。寒気がきびしかった。

二

翌九日は雨であった。夜明け頃、烏《からす》の啼き声に川路は目をさまし起床した。

六ツ半（午前七時）に江戸から急用状がつき、また、プチャーチンが老中に提出した書簡を和訳したものもとどいた。

プチャーチンの書簡には、談判をはやくはじめるよううながし、北辺の千島、樺太の国境をさだめること、日本は鎖国政策を放棄して交易をするのが賢明であること、江戸に近い一港と蝦夷地の一港の開港をもとめることが記されていた。その内容は、川路も予想していたが、いずれも日本にとって重要な問題で、身を挺《てい》して談判の席にのぞまねばならぬことをあらためて感じた。

かれは、随行してきている中村為弥、菊地大助、日下部官之丞をまねき、和訳したプチャーチンの書簡を見せて、折衝方針について話し合った。すでに奉行所では、ロシア側に川路の長崎到着をつたえていた。

その日の夕方、後続の筒井政憲一行が長崎に入り、寺町の長照寺《ちょうしょう》を宿所とした。

それを知った川路は、翌十日の朝、長旅をした高齢の筒井の身を案じて長照寺におもむいたが、筒井は元気であった。夕方近く、荒尾成允と古賀謹一郎一行も長崎について、それによって全員が到着し、荒尾は岩原役所、古賀は永昌寺《えいしょう》を宿所にさだめた。

長崎の町は、ロシア艦隊の再来航で、警備の筑前、肥前をはじめ肥後、嶋原《しまばら》、大村、唐津《からつ》の諸藩兵が繰りこみ、昼夜をわかたず警戒にあたり、あわただしい空気につつまれていた。

その夜、三宝《さんぽう》寺を宿所とした随行員の箕作阮甫が川路を訪れてきた。

箕作は、前日、江戸からプチャーチンが老中あてに出した書簡を和訳したものを見たが、より正確に理解するためオランダ語で記した原文をみずから飜訳していた。

プチャーチンの書簡には、まず、北辺の地の国境問題について、千島列島のエトロフ島は日本人が少くロシア人が以前から漁業に従事しているので、ロシア領とするのが妥当であり、樺太はもともとロシア領である、と記されていた。また、鎖国政策は日本にとって不利で、すみやかに開国し、少くとも二港をひらくことを要求する、とあった。

この内容をふかく憂慮した箕作は、ロシア側との会談をひかえて川路がどのような考え方をしているかをただしに訪れてきたのである。

箕作の問いに対して川路は、日本の防備力が欧米の大国のそれに比して無に等しいものであることを口にし、その外圧に武力で対抗すれば百戦して百敗することはあきらかである、と述べた。

ついで、このたびのロシア側の国境画定要求について、たとえわが国の武力はとぼしくとも、いささかの譲歩もしてはならぬとかたく心にきめている、と強い口調で言った。もしも、一寸の土地でもロシア側にあたえたとしたら、大和魂ですべてが解決できると思いこんでいる外国事情にうとい者たちが一斉に憤激し、国内に大争乱がおこる。幕閣は総辞職を余儀なくされ、ロシア側と折衝にあたった自分も責を負って切腹しなければならない。プチャーチンと会談するにあたって、その要求を撤回させる以外に方法はない、と、川路はかたい決意を述べた。

かれの眼には涙が光り、その言葉に感動した箕作も涙ぐんでいた。

翌日も晴天で、日本側全権がすべて集ったので、筒井の宿所に川路、荒尾をはじめ随員と前任の長崎奉行大沢秉哲、新任の水野忠徳が集り、初めての打合わせがおこなわれた。

まず、両奉行よりロシア艦隊の第一回の来航と再来航の情況その他の説明があり、おだやかな態度をとっていたロシア側が、次第に強圧的な姿勢をしめし、なにかにつけて、それならば江戸に艦隊を回航させて直接、老中と談判する、とおどしていることをあきらかにした。

乗組員上陸の要求も、奉行の悩みの種であった。艦隊側は、幕府からの指示がおくれているのにいらだち、このまま艦内で乗組員がとどまっていては体調がくずれるので、かれらを上陸させたいと強く要求した。奉行は、幕府に伺いを立てなければ回答できぬ、と言を左右にしてその要求をかわしつづけた。

しかし、文化元年（一八〇四）にロシア使節レザノフが軍艦「ナデシュダ号」に乗って長崎に来航した折、同じ要求が出され、幕府は竹矢来《たけやらい》を周囲にくんだ三百坪ほどの地に上陸を許した。その前例もあるので、奉行は港外の地を上陸地とすると告げたが、その地を見分したロシア側は、あまりにもせまく殺風景な海岸で上陸地には不適である、と拒否し、もしも好ましい地を上陸地としてみとめないなら、ただちに江戸へ回航する、と威嚇したという。

この件について、川路は、筒井、荒尾と協議し、両奉行に、ロシア側を納得させる地についてどのような地が考えられるか、と問うた。

出島に近い船着場の大波止《はと》から入海《いりうみ》をへだてた所に稲佐《いなさ》郷があり、悟真《ごしん》寺が建っている。その寺には、慶安二年（一六四九）に来日の途中、船内で死亡したオランダ特派使節ピーテル・ブロクホビウスを埋葬して以来、死亡したオランダ人の墓所がある。稲佐郷は人家もまばらで、異国人とゆかりのあるその地のかぎられた部分を上陸地としてもよいのではないかと思っている、と、両奉行は答えた。

川路らは、会議をおだやかに推しすすめるために、ロシア側の要求をいれて悟真寺附近を上陸地としてみとめるべきだ、という結論に達した。

プチャーチンらとの第一回の接触については、出島に近い西役所でおこなうことをきめ、対面の席の設営について話し合った。ロシア側は、老中あての国書を奉行所で提出した時、椅子を艦から持ってきて坐り、日本側も椅子を使う案が出たが、畳をかさねてその上に坐ることにきめた。

この前例にしたがうことになり、奉行所の役人が通詞の森山とともにロシア艦に出向いてその旨《むね》をつたえた。

もどってきた役人は、西役所での会談をロシア側が拒否したことを報告した。理由は、国書を日本側に渡した折にはプチャーチンが上陸して奉行所におもむいたのだから、今回は日本側の全権がロシア艦にくるのが礼儀だという。

その報告をうけた川路は、荒尾とともに筒井の宿所におもむき、両奉行も集った。川路は、

「国書を差出したのは露国の一方的な行為で、上陸したのは当然のことである。談判はそれとは別で、露国側が協議をもとめて来航してきたのであるから、第一回の対面は露国側から出向いてくるべきである。もしもこちら側から露艦におもむくようなことをすれば、わが国の体面をそこなうことになる」

と、よどみない口調で言った。

理にかなった川路の発言に、筒井、荒尾、両奉行ともに賛同した。

「ただし、第一回談判後、露艦見物のためにおもむく旨をつたえてはいかがか」

川路の言葉に、筒井らは諒承した。

ロシア使節応接の通訳専任御用に任じられていたのは、大通詞西吉兵衛と小通詞森山栄之助で、二人は役人とともに艦に出向いていった。

しかし、ロシア側は承服せず、役人がねばり強く折衝をくり返した末、ようやくプ

チャーチンは西役所に出向いてくることを承諾した。

　翌日は川路の宿所に筒井らと両奉行が参集し、二日後の十四日に西役所で第一回の談判をおこなうことを決定して、それをロシア側につたえた。

　長崎にきて以来、川路の日課は変らずつづけられていた。早朝に起きて大棒をふり、刀の素ぶりをして居合抜をする。その後、大刀をおびて半ば走るように半刻ほど歩きまわる。食事は一汁《じゅう》一菜で、酒は一滴も口にせず、家来にもそれを厳守させていた。川路は、通弁がことのほか達者でオランダ文を日本文の手紙でも書くように和訳する森山の格段の能力に感嘆し、大小刀の鍔《つば》をあたえたりした。

　ロシア側から十四日にプチャーチンが上陸して西役所へくるという回答があり、また、翌十五日に川路ら全権をロシア艦に招待したいという申出があった。川路は、筒井らと話し合い、十七日に艦におもむく、とつたえさせた。

　翌日は雨で、川路は西役所を見分に行った。

　役所の近くにオランダ国旗のかかげられた扇形の出島があり、商館の建物がつらっている。その後方には長崎の港がひろがっていて、四隻のロシアの船が港口の伊王《いおう》島の近くに碇泊しているのが見えた。中央に碇泊しているのは本船（旗艦「パルラダ号」）で、長さ三十六間《けん》、幅十一間二尺《しゃく》、大砲が三段がまえで六挺《ちょう》、左右五十二挺、艫《とも》に四挺をそなえ、使節プチャーチンが坐乗している。その周囲に蒸気艦、帆走艦、運送船がうかび、それぞれ多くの砲を装備しているという。いずれも港を圧する大船で、雨霧にかすむ船に、川路は威圧されるものを感じた。

それらの船の周囲には、奉行所の番船をはじめ、長崎警備の諸藩の軍船が、それぞれ藩の紋を染めぬいた船印を立ててうかび、さらにロシア船が港内に入るのを阻止するため軍船が横に一列にならんでいる。そのほかにも、伊王島、高鉾《たかほこ》島、神ノ島をはじめ港の海岸に大小のおびただしい軍船が、舳をロシア船にむけてもやわれている。さらに、港に面した陸岸の十四ヵ所に、幕をはりめぐらし旗印、馬印をならび立てた諸藩の備場があり、港と海岸は旗でみちていた。

奉行所の役人は、港に眼をむけている川路に、夜になると備場や軍船に一斉に松明《たいまつ》や篝火《かがりび》がたかれ、高張《たかはり》提灯もともされて、港が白昼のような明るさだ、と言った。また、伊王島には埋立をしてきずいた新台場に二十八貫《かん》六百目《め》の大砲をはじめ八十数挺の砲が砲口を海にむけてすえられている、とも説明した。

川路は、あらためてロシア船に視線をむけた。本船のマストにはロシア国旗がひるがえり、帆柱の上にあがっている二人の水兵が遠眼鏡をこちらにむけているのが見えた。

翌十四日は、快晴であった。

川路は、五ツ（午前八時）に宿所を出て西役所におもむき、ついで筒井、荒尾、古賀も姿をみせ、随員の中村為弥、菊地大助らも参集した。

ロシア艦「パルラダ号」には六ツ半（午前七時）に支配勘定杉本金六郎《きんろくろう》らが出向いていたが、四ツ半（午前十一時）すぎに「パルラダ号」に動きがみられ、六艘のボートがおろされて艦をはなれた。同時に祝砲が二隻の艦からはなたれ、索具にかけられている万国旗が一斉にひらいた。砲声は、港をかこむ丘陵にいんいんと木霊《こだま》した。

先航の一番艇には士官二名、水兵六名が、二、三番艇には剣つき鉄砲を手にした兵十八名をふくむ三十四名が乗り、四番艇には武装兵五、軍楽隊員十八名、その他十五名の水兵の姿が見えた。五番艇には、士官五名と水兵六名にまもられたニコライ一世の侍従武官長《じじゅうぶかんちょう》エヴフィーミイ・プチャーチン海軍中将が乗り、その後から士官二名、水兵六名の乗るボートがしたがっていた。各艇には白地に青のロシア国旗が立てられ、ことに五番艇には、使節の乗っていることをしめす鷲《わし》の印を染めぬいた大きな国旗を旗手が捧持《ほうじ》していた。

ボートの両方向は、奉行所の船とその年の警備にあたる筑前藩の大型軍船がかためていたが、整然とオールを漕ぐボートの速度ははやく、軍船の水主が必死になって櫓をこいでもたちまち後方にはなされた。

やがて、ボートがつぎつぎに大波止につき、ボートが綱で波戸場につなぎとめられると同時に、水兵たちは上方にオールを立てた。使節をはじめ、士官、兵らが上陸し、先頭に軍楽隊、ついで武装兵、使節と士官、水兵が二列縦隊に整列した。

軍楽隊がチャルメラ（ラッパ）、太鼓で音楽をかなで、兵たちは足並をそろえてすすみはじめた。列の前方には筑前藩の騎馬がすすみ、後方に藩兵が槍、鉄砲を手にしてつづいた。

列はすすんで西役所の門前で停止し、楽の音はやみ、兵は二列にならんだまま銃を肩からおろした。

門にむかえに出ていた奉行手付大井三郎助が玄関に案内し、使節と士官たちは帽子をぬぎ、靴に白い足袋のようなものをかぶせて役所に入った。そこで古賀謹一郎が出迎え、廊下を対面所にみちびいた。

かれらが対面所に入ると、正面の衝立《ついたて》がひらかれて、筒井、川路、荒尾、古賀が両奉行とともに姿をあらわし、使節らと向き合ってならんだ。川路は、異国人が牛肉を常食としているので牛肉の臭いがするということを何度か耳にしたが、たしかに室内に異臭が濃くただようのを感じた。

士官たちはビロード、使節は羅紗《らしゃ》の衣服を身につけ、それぞれ帽子を手にしている。帽子は黒く内側は金色で、使節の帽子のみには白い毛の飾りがつき、肩章には金色の房がたれていた。

川路は、プチャーチンの顔に視線をすえた。六十歳ぐらいにみえ、髪は茶色で髭《ひげ》をたくわえ、ゆったりとした表情に高位にある人物であることが察せられた。

使節に随行している秘書官の作家ゴンチャロフはその著書に、主席全権の筒井を「少し腰の曲った老人……眼のふちや、口の廻りは光線のような皺《しわ》にかこまれ、眼にも、声にも、あらゆる点に老人らしい、物の分った、愛想のよい好々爺《こうこうや》」とし、「この老人の態度には立派な教養を窺《うかが》わせるものがあった。」（井上満訳）と、記している。

また、次席の川路については、「四十五歳位の、大きな鳶《とび》色の眼をした、聡明闊達《そうめいかったつ》な顔付の人物」（同）と、初めて見た折の印象を書きとめている。

双方が、立ったまま頭をさげた。

日本の応接掛から挨拶の言葉を述べることになり、大通詞の西吉兵衛は筒井の通訳、小通詞の森山栄之助は川路、荒尾、古賀のそれを担当することになっていて、二人は応接掛の前に平伏した。

筒井が、

「使節におかれては、遠路はるばるお越しなされ、本日はからずも面会いたし、大慶《たいけい》に存じます」

と言い、それを西がオランダ語で通訳した。

オランダ語に通じている副官ポシェット少佐が、西の言葉をロシア語でプチャーチンにつたえ、プチャーチンも会うことができた喜びを述べた。

ついで川路が、

「長い間、長崎に御滞留なされ、われらがくるのを待ちかねておられたことと存じます。しかしながら、われらとしても、急に遠い当地へ出張のお指図をうけ、旅装、随行の者、従者の手配等で急には当地にまいることはできかねた次第。ことに将軍家慶《いえよし》様が六月下旬に御病歿なされ、それにかかわる諸事もあり、深雪をおかして道を急ぎ、ようやくこのたび、当地へ到着いたしました」

と述べ、森山が通弁した。

それより、昼食の準備がととのうまで筒井らはその場を引取り、プチャーチンと士官らに茶菓が供された。

やがて食事の仕度がととのい、プチャーチン、旗艦「パルラダ号」艦長ウニコフスキー大佐、副官ポシェット少佐、秘書官ゴンチャロフの四名が書院に通され、艦より持参の椅子に腰をおろした。他の士官たちは、他の部屋に入った。

日本側は、筒井と川路のみがプチャーチンらと食事を共にするため書院に出て、二段にかさねた畳の上に坐った。料理は三汁七菜で、オランダ商館から取り寄せたスプーンとフォークが、プチャーチンらの食卓におかれていた。

食事がはじまった。

ロシア人たちは、初めて眼にする食物にとまどいの色をみせ、椀《わん》の蓋《ふた》をのぞいて見つめたり、低い声で言葉をかわしたりしていた。そのうちにおずおずと口に入れるようになり、思いがけぬうまさに眼をかがやかせたりした。

なごやかな雰囲気になり、かれらはさかんに食物を口にはこんだ。箸《はし》を手にして食物をつまむことにつとめる者もいて、日本側の者たちの間から笑い声がおこった。

食事がすみ、茶が出され、書院に両奉行が入ってきて着座した。

プチャーチンが、口をひらいた。

「わがロシアと貴国が末長く親しく国交をむすぶ件について、これより協議いたそうと思うが、いかがでしょうか」

川路は、

「本日は初対面故、御挨拶だけにとどめ、協議は追ってすべきと存じます」

と、即座に答えた。

プチャーチンは、

「私は、本国より使節に任命されて来日しましたが、すでに予定の日限もすぎ、急いで帰国しなければならぬ立場にあります。そうそうに協議し、すみやかに決定することを希望しております」

と、言った。

筒井が、おだやかな口調で、

「長い間の御滞留、それに一万余里の海をこえてこられ、本国には御妻子もおられるはずで、早く帰国なされたいと申されるのは、まことにもっともと存じます。さりながら拙者《せっしゃ》ども四、五百里の遠路をまかりこし、早くお役目をはたしたいと思いはするものの、このたびの儀は、両国にとってきわめて大事なことであり、慎重に話し合うべきであると存じます」

と、言った。

川路も、国境画定という重要なことについて協議するには十分な時間が必要であると強調し、プチャーチンはこの席を第一回の会議としたいと要求して、応酬《おうしゅう》がかわされた。

筒井も川路も主張を曲げず、やがてプチャーチンは同意し、おだやかな空気の中で双方腰をあげた。

プチャーチンは、軍楽隊の演奏のもとに儀仗兵《ぎじようへい》の隊列にまもられて大波止におもむき、待っていたボートに乗って「パルラダ号」にもどっていった。

その日の対面で、川路らがロシア艦を訪問することについてプチャーチンは明十五日にまねきたいと再びもとめ、日本側は十七日におもむく、と答えた。

翌十五日、川路たちは筒井の宿所の長照寺に集り、ロシア艦におもむく件について協議した。川路らの懸念は、艦にゆけばロシア側が強硬に要求をのむことをせまり、国境問題その他を決定させようとする恐れがあることであった。

たがいに意見をかわしている時、長照寺に筑前藩藩主黒田長溥が訪れてきて、応接掛への面会をもとめた。筑前藩は肥前藩とともに一年交替で長崎警備を担当し、その年が年番にあたっていたので、ロシア艦の再来航を知り、川路らの後を追うように巡視にきたのである。

警備状況を知るのも重要なので、川路たちは黒田を協議の席に招じ入れた。

席についた黒田は、ロシア艦を監視している家臣からの報告によると、毎日艦上で帆を干しているのが確認されているという。それはいつでも出帆できる用意をととのえているように思え、筑前藩の警備態勢は万全だが、ロシア艦が航走しはじめたら、その速度ははやくこちらの砲撃も間に合わぬ恐れがある、と言った。

黒田のもたらした情報に、随員の中には、川路らが艦におもむいてプチャーチンの要求を拒否した場合、ロシア艦は急に帆をひらいて出港し、川路らを本国に連れ去ることも予想される、と言う者もいた。

黒田は、それならば、死を覚悟の武芸に長じた家臣十九人を川路らの従者としてしたがわせ、さらに火薬を仕込んだ船一艘を供の船にくわえ、もしもロシア側が川路らを拉致《らっち》する動きをみせた折には、その船に火をつけてロシア艦に突入させ、家臣を斬りこませる、と言った。

黒田は、

「このことについては、警備の者たちと十分に想をねり、実施の仕方を御説明に参上させます」

と言って、長照寺を去った。

川路らは、黒田の好意に感謝しながらも、そのようなことをしてはロシアという大国を敵にまわすことになり、日本にとって好ましくないということで意見が一致した。

川路は、

「このお役目を仰せつかった時から、私は死を覚悟し、国家のために身をささげたいとかたく心にきめております。十七日に露艦におもむき、もしも不法の動きに出る気配がみられた折には、荒尾殿は御目付として、事の次第を御老中様におつたえするため露艦からいちはやく去るべきである。また、筒井殿は格別の御高齢でもあり、荒尾殿と行を共になさっていただきたい。私一人露艦にのこり、ロシアにおもむきましたなら、かの国の帝王に談判し、わが国のためにつくそうと存ずる」

と、きびしい表情で言った。

川路が言葉を切ると、主席随員の中村為弥が、

「ロシア側は筒井様、川路様を艦にまねきたいと申しておりますが、お二人が取りおさえられロシア本国に連れ去られるようなことがありましたら、わが国にとって由々しきこと。十七日には私一人を総代として露艦に御派遣下されたい」

と、言った。

川路は、中村に視線をすえると、

「為弥らしからぬ言葉。その方のみをおもむかせては、お役目を仰せつかった私たち

の立場が立たぬ。軽率なことを申すな」

と、声を荒らげてたしなめた。

無言でいた筒井が、口をひらいた。

「私は、西丸御留守居の在職中、鳥居甲斐守《かいのかみ》（耀蔵）殿の告発によって矢部駿河守《するがのかみ》（定謙）殿がおとがめを受けた折に連座し、私もお役御免となった。そのような身でありながら、このたびは老齢にもかかわらずかくのごとき大任を仰せつけられた。老い先短い私は、命を捨てることに少しも悔いはない。私は行く」

その言葉が終ると、古賀が、

「皆様がそのように言われるのに、私一人のこるわけにはまいりません。私も断じてまいります」

と、うわずった声で言った。

さまざまな発言がつづいて収拾がつかなくなったが、ようやくロシア側の意向をさぐるためプチャーチンに書簡を送ることに意見がまとまり、川路が筆をとった。内容は、十七日に筒井、川路、荒尾、古賀のみならず随員と家臣が艦におもむくが、艦上では一切国交問題について協議しないという趣旨であった。

森山がそれをオランダ語に訳し、奉行所の役人が艦にとどけた。

やがてプチャーチンからオランダ文の返書が来て、森山が和訳した。それには、十四日に上陸して饗応をうけた謝辞が述べられ、書簡の内容をすべて承知した旨が記されていた。

これによって川路らはようやく落着きをとりもどし、筑前藩の家老をまねき、黒田の申し入れを辞退する旨をつたえた。

翌日夕刻、黒田から川路のもとに書簡がとどけられた。

筑前藩では、遠眼鏡でロシア艦を監視しているが、旗艦の「パルラダ号」ではさかんに水兵たちが掃除しているのが見え、筒井らを迎える準備をしている様子だという。明日は、一層、筑前藩では警備をかためるので安心して欲しい、とも書かれていた。

川路は、黒田に感謝の返書を送った。

翌十七日も晴天で、四ツ半（午前十一時）に一同そろって肥後《ひご》藩主細川斉護《なりもり》の御座船《ござぶね》に乗った。

船は二階づくりで緋色《ひいろ》の幕をはりめぐらし、筒井、川路、肥後藩主それぞれの船印と弓、槍、鉄砲、纏《まとい》が立てられ、それにつづく長崎奉行所の船にも紋のついた幕がはられていた。

二艘の船に太綱がかけられ、多数の小舟が二列にならび、先頭の舟の舳に立った船頭の合図で太鼓が打ち鳴らされた。その音に合わせて水主たちは、オッシャリン、オッシャリンと声をあげて櫓をこぎはじめた。二艘の船は、小舟にひかれて動き出し、「パルラダ号」にむかった。

船が「パルラダ号」に近づくと、艦上で軍楽隊が音楽を奏し、川路らは通訳官のポシェットと秘書官ゴンチャロフの出迎えをうけた。甲板にあがった川路は、三日前に初めてプチャーチンらと会った時に意識したかれらの体臭が、さらに濃くただよっているのを感じた。

プチャーチンが姿をみせて歓迎の言葉を述べ、自ら兵器庫などを案内し、急な階段では、筒井が辞退したがポシェットらがその手をとって上り降りした。

プチャーチンは、一同を自室に案内した。部屋は美しく飾りつけられていて、低い台に花毛氈《はなもうせん》に似た立派なもの（絨毯《じゅうたん》）を敷いた席が用意されていて、川路たちはそこに坐った。

プチャーチンの応接室で食事が出された。魚、羊、鶏の肉を調理したものが数多く出て、西洋流の食事の仕方を知っている応接掛たちは、ナイフとフォークでそれらの食物を口にはこんだ。

川路は、日本の風習にしたがって、クリームケーキをひと口食べると、懐紙《かいし》をとり出して皿の上のものをすべてつつんで懐《ふところ》に入れ、

「なぜこのようなことをするか、お疑いの御様子ですが、別に美人のもとに持ってゆくのではありません。待っている家来どもにあたえるのです」

と言い、それを森山が通訳すると、プチャーチンたちは声をあげて笑った。

それがきっかけで、席は和気《わき》にみちたものになった。

川路は、

「私の妻は江戸で一、二をあらそう美人で、それを家においてきたので思い出して困ります。忘れる方法はありませんでしょうか」

と、言った。

それをポシェットが通訳すると、ロシア人たちは大いに笑い、プチャーチンは、

「私など、川路殿とは比較にならぬほど長いこと妻に会っておりません。川路殿は辛いと言われるが、私の辛さも察して欲しい」

と言い、再び笑い声がおこった。

筒井が、口をひらいた。

「私を老人と思っては困ります。昨年、新たに一人の女児の父となりました」

筒井が七十六歳であることを知っている士官たちは驚きの眼をみはり、プチャーチンは、

「ロシアの諺《ことわざ》に、男は五十歳で女に子をうませることは少く、六十、七十歳ではさらに少いが、八十歳になると若やぎ、子をうませることが急に多くなると言われています」

と、言った。

筒井は、平然と、

「その諺どおりであることを願っております」

と答え、プチャーチンをはじめ士官たちは、筒井の精力の強さに手をたたいて感嘆し、座はにぎわった。

葡萄酒《ぶどうしゆ》その他も出て、食事も終ったので帰ることになった。

日本側は幕府からとして五斗《と》入りの米百俵《ぴよう》、筒井が硯箱《すずりばこ》、川路が刀等をロシア側に贈り、ロシア側は筒井に燭台《しよくだい》つき姿見《すがたみ》鏡、川路に置時計、荒尾に大鏡、古賀に茶器、中村に置時計、菊地に鏡などを贈った。

プチャーチンをはじめ士官たちが見送り、水兵は整列し、音楽がかなでられた。

筒井らを乗せた肥後藩の船と奉行所の船が、小舟にひかれて「パルラダ号」の舷側《げんそく》をはなれた。

すでに暮色は濃く、二艘の船にそれぞれ明るく灯がともされた。


プチャーチン一行が上陸して筒井、川路らと最初の対面をした日、江戸から徒目付《かち》の長坂半八郎が長崎についた。かれは、ロシア政府が老中に提出した公文書に対する幕府の回答書をたずさえていた。

回答書の要旨は、樺太、千島の日露国境を明確にしたいという貴国の要求をうけいれることに決定したので、貴国使節は慎重にわが国の応接掛と協議して欲しいこと。貿易については、長い歳月堅持してきた鎖国政策にもとづいて、これまでわが国は貴国の要請を固辞《こじ》してきたが、世界情勢のいちじるしい変化を考慮し、鎖国政策に固執せず協議に応ずる用意がある。アメリカ使節ペリーが来航して通商をもとめ、今後、各国がつづいて同じ要求をすることが予想されるが、これを容認するかどうかは、朝廷の意向をうかがい、諸大名の考えもたださねばならず、三年から五年の歳月を必要とする。気長なことと思われるかも知れぬが、貴国におかれてもよろしく幕府の意向を重んじ、疑念などいだかずに待って欲しい。

さらに、貴国は、わが国の隣国であるので、丁重に応接するため特に重臣二名（筒井、川路）を長崎につかわした次第である、と記されていた。

その回答書には、老中首座阿部正弘ほか牧野忠雅《ただまさ》、松平乗全《のりやす》、松平忠優《ただます》、久世広周《くぜひろちか》、内藤信親《のぶちか》の老中たちが連署していた。

「パルラダ号」での招待から西役所にもどった川路は、筒井と話し合い、翌十八日にプチャーチンを西役所にまねいて老中の回答書を手渡すことにきめた。それを奉行所役人がロシア艦側につたえると、諒承した旨の回答があった。

翌日四ツ（午前十時）、川路たちは西役所におもむき、プチャーチンも側近の者と儀仗兵をしたがえて二艘のボートに乗って大波止に上陸し、軍楽隊の演奏のもとに役所に入った。

筒井は、老中からの回答書をプチャーチンに手渡し、プチャーチンと「パルラダ号」艦長ウニコフスキー大佐に、それぞれ紅白縮緬《ちりめん》と真綿などを、またロシア艦乗組員に対して米二百五十俵、豚二十頭を贈ることをつたえた。

それより料理が出され、酒が供された。

やがて、かれらは艦に去り、それにつづいて奉行所役人が船に贈物をのせて艦にとどけた。

老中からの回答書について協議する第一回目の会談が、二日後の二十日に西役所でひらかれることになった。

その日は朝から激しい雨で、五ツ半（午前九時）すぎにプチャーチンが随員をともなって西役所につき、書院に入って艦から持参の椅子に、筒井たちは二枚かさねた畳の上に坐った。

悪天候についての挨拶をかわした後、筒井が口をひらき、

「御老中様よりの御回答書をオランダ文に飜訳いたしおわたししましたが、内容を御理解いただけましたか」

とたずね、それを西吉兵衛がオランダ語で通訳した。

「御文意、十分に理解いたしました。肥前守（筒井）様、左衛門尉（川路）様が、われらの応接掛に任ぜられていることも承知いたしました」

プチャーチンは、ポシェットの通訳で答えた。

それより討議に入って、プチャーチンは、国境画定と通商の二件について協議したいと発言し、筒井は承諾した。

プチャーチンは、老中よりの回答書に視線を走らせながら、

「通商の件について、御回答書には、これまで日本は長い間鎖国を国法としてきた

が、世界情勢のいちじるしい変化により貿易の風潮が日を追ってさかんになり、このような時世に古い政策をそのまま踏襲《とうしゅう》することは不可能である、と記されており、まことに賢明な御判断と存じます。これは、通商を御老中様がおみとめになっていると解釈されますので、まずこの件の協定について御審議いただきたい」

と、言った。

予想もしなかった発言に、日本側はうろたえたが、川路は、

「御回答書の趣旨は、幕府はじまって以来の鎖国政策を容易にあらためることは至難であると記されています。ここに一言申上げたきことがあります。審議は御回答書の範囲内にとどめ、それから少しでもはずれたことを審議するとすれば、御老中様の御意向を仰がねばお答えできかねます」

と答え、森山栄之助がオランダ語に飜訳した。

ポシェットの通訳で川路の言葉をきいたプチャーチンは、川路に冷ややかな視線をすえ、

「私はロシア皇帝より全権を委任されて使節として来日したのであり、私の考え次第ですべてをとりきめる権限を持つ。それなのに、只今のお言葉によると、貴殿《きでん》たちは、私の要求をそのたびに御老中様につたえ、その御意向をうかがった上でしか回答

できぬと申される。それでは、権限をもたぬ貴殿たちと協議をしてもなんの意味もなく、私はこれよりただちに江戸へ参り、御老中様と直接談判するほかはありません」

と、言った。

書院に、空気がにわかに凍りついたような緊迫感がひろがった。

森山の和訳をかすかにうなずいてきいていた川路は、

「重ねて申し上げますが、私たちは、このたびおわたしした御老中様よりの御回答書の範囲内でしかお答えできませぬ。使節殿がこのことも心得ず、かれこれ申されるのは、わが国情を御存知なき故と思われる。御回答書は概略を述べたもので、私たちが露使応接掛として当地に派遣されたのは、こまかい点を貴殿に補足説明するためである」

プチャーチンは、再び回答書に視線を落し、

「通商について、古い政策をそのまま踏襲することは不可能である、と記されている。この一文は、すでに御老中様が通商を禁ずる鎖国政策をあらためる意思があるものと解釈される」

と、追及した。

「その一文だけを見れば、そのように思われるのも無理はないと思われますが、それ

には三年から五年の歳月を要すると明記され、すぐには決定しがたい、としている。それなのに、なぜ御回答書に通商の禁をあらためると書かれているなどと申されるのですか」

川路は、きびしい口調で言った。

無言で膝元に視線を落していた筒井が、おだやかな眼をプチャーチンにむけ、

「使節殿は、ロシア国王の命を奉じて協定をむすぼうとして来航せられたのではないのですか。貴殿のお言葉をきいておりますと、なにか事を荒立てようとしているかに思え、協定をむすばぬ方がよいとでもお考えになっているようにさえ受け取れます。御老中様よりの御回答書に、三、五年お待ちいただきたいとありますが、待てというお言葉はまことに味のあるお言葉で、それがどのような意味をもつものかお考えの上、お待ちいただきたい」

と、言った。

プチャーチンは、しばらく黙っていたが、

「御両者の御説明で御回答書の趣旨は、ほぼ諒解いたしましたが、いずれにしましても三、五年を要すとははなはだ常識を欠いております。一、二ヵ月ならお待ちしますが……」

と、不快そうに眉をしかめた。

川路は、かさねて協議は回答書の範囲内にかぎると強調し、筒井も、回答書以外のことについて協議の意志がないことをつたえた。

ついで、北辺の地の国境問題に論議が移った。

プチャーチンは、

「千島は、南は日本、北はわが国で支配いたしております。エトロフ島は、古くからわが国の人民が住んでおりましたが、その後、貴国の人民が移り住むようになっておりますす。現在、日本としては、エトロフ島をいずれの国の所領とお考えか」

と、たずねた。

川路は、

「千島はすべてわが国に所属する島でありましたが、徐々に貴国に蚕食《さんしょく》され、島名も変えられている」

と前置きし、文化年間に蝦夷地に来航した「ディアナ号」艦長ゴロヴニンが書いた著書「遭厄日本紀事」に、ゴロヴニンと日本側との間でエトロフ島は日本領、その北のウルップ島を日露中立の島とする協約をむすんだことをあげ、

「エトロフ島には日本の番所ももうけられ、もとよりわが国の所領であることはいさ

さかの疑いもありません」

と、断言した。

これに対してプチャーチンは、

「ゴロヴニンは、わが国の正式の使節ではなく、かれの著書をこのたびの協議の参考にすることは承服しかねる」

と、反論した。

双方で激しい主張がくり返され、結局、妥協点は見出せず、この問題は次回にあらためて協議することに意見が一致した。

ついで樺太国境画定問題に入った。

プチャーチンは、国境が画定した場合には同島に駐留する露国守備隊をただちに撤兵させる、と提案したが、川路は、国境画定には実地調査をするのが前提であり、それには数年を要すると述べ、この会談で決定するのは不可能である、と主張した。プチャーチンもその意見に理解をしめし、あらためて次回に話し合うことになった。

これによって第一回の会談は終り、七ツ（午後四時）すぎにプチャーチン一行は、降雨の中をボートで「パルラダ号」に引返していった。

翌日、日本側からの贈物の返礼として、プチャーチンから筒井に燭台《しょくだい》付大鏡、川路に両側に月盈虧《えいき》計と寒暖昇降器のついた卓上時計、荒尾に金縁角鏡、古賀に白銅茶器、中村為弥にオルゴール付時計、菊地大助に百合形《ゆりがた》鏡等が贈られた。さらに川路には柄《え》が象牙《ぞうげ》の女用日傘《ひがさ》も贈られたが、これについてかれは、日記に、

「これは、わが妻は江戸一の美人也とて、早く帰り度きよしを申したること有れば、それ故に贈りたるべし。」

と、記した。

翌二十二日は晴天で、西役所で第二回目の会談がおこなわれた。

まず樺太問題がとりあげられ、川路は、オランダの地図に樺太の北緯五十度以北をロシア領、以南を日本領としてあるが、それが妥当であると考えられると主張し、さらに幕府の普請役である間宮林蔵が樺太のほとんど全域を踏査《とうさ》して沿海州《えんかいしゅう》のアムール河流域を上流にまでたどったが、それを考慮した上で、この問題を協議して欲しいと要請した。

プチャーチンは、樺太の北緯五十度以南の地にロシア人が定住していて炭鉱までひらいており、その地域にはむろん日本人はいないので、北緯五十度の線を国境とするのは不当であり、むしろ樺太の大半はロシア領と心得ている、と強く反論した。

「それでは、ロシアは北緯何度を国境線と考えておられるのか、うけたまわりたい」

川路は、たずねた。

「それは地図をもって検討しなければ、しかとはお答えできかねる」

と、プチャーチンは答え、至急、現地調査の必要がある、と言った。

川路は、現地調査をするにしても、樺太にはロシアの守備隊が駐留していて、調査におもむいた日本の役人に武力行使に出ることも予想され、そのような場合には両国の戦争に発展する恐れがある、と指摘した。プチャーチンは、現地の守備隊に決して手出しをしないよう厳命する、と答えた。

この日も、樺太国境画定問題についての進展はみられず、議論は打ちきられた。

議題は、エトロフ島の件に移り、プチャーチンは、日露両国人が住んでいるので島を二分するのが妥当である、と主張した。

川路は、

「古記録にもあるとおり、エトロフ島は断じてわが国の所領であり、そのような無法なことを申される上は、談判も無用である」

と、きびしく難詰《なんきつ》した。

この問題も双方の主張はかみ合わず、プチャーチンの提案によって次回まで持ちこしとし、論議は通商問題に移った。

プチャーチンは、二港の開港と通商が日本のために利益をもたらすことを執拗《しつよう》に強調したが、川路は、いずれも老中の回答書の範囲をこえるもので審議に応ずることはできない、と強い態度で拒絶した。

プチャーチンとの討議は、ほとんどすべて川路一人があたり、筒井は、眼を細めて終始口をつぐんでいた。

川路は、プチャーチンと対しているうちに、自分より二歳下のプチャーチンがロシア皇帝の侍従武官長に任ぜられているだけに、すぐれた識見をそなえた人物であるのを感じるようになっていた。会議の席でも、その主張は鋭く、川路の反論に落着いた表情で耳をかたむけている。来航したアメリカ使節ペリーが、終始武力を背景に脅喝《きようかつ》的な態度をとりつづけたのとは異なって、プチャーチンには日本の国法、国情を念頭に冷静に協議をすすめようという姿勢がみえる。

川路は、かれにひそかな敬意と親愛の情をいだき、日記に、

「この人（プチャーチンは）、第一の人にて、眼《まな》ざしただならず。よほどの者也」

と、記した。

ロシア側も、川路がプチャーチンに「よほどの者」という印象をいだいたのと同じ

ように、川路を高く評価していた。プチャーチンの秘書官ゴンチャロフは、「日本渡航記」に、

「川路を私達はみな気に入っていた。……川路は非常に聡明であった。彼は私たち自身を反駁《はんばく》する巧妙な弁論をもって知性を閃かせたものの、なおこの人を尊敬しないわけにはいかなかった。彼の一言一句、一瞥、それに物腰までが——すべて良識と、機知と、炯眼《けいがん》と、練達を顕《あら》わしていた。」（高野明・島田陽共訳）

と、書きとめている。

川路は、会議でプチャーチンがロシア語で話すのを、額に少し皺を寄せて見つめていた。

プチャーチンが言葉をきり、それをポシェットがオランダ語で通訳する頃には、川路はプチャーチンの言葉の大意を察し、額の皺は消え、すでにどのように答えるか素ばやく頭をめぐらせていた。また、自分の質問の内容が通訳される間に微妙にずれて、プチャーチンが他の意味をふくめた答え方をすると、頰をゆるめてそれを巧みに修正しながら発言する。主張をする折には、きわめて簡潔に、そしてよどみない口調で言葉をつづけた。そうした川路に、ロシア側は「非常に聡明」な人物という印象をいだいたのである。

この日の会談で、川路は、樺太のロシア守備隊が現地調査のため派遣される日本の役人に無礼な行為をはたらかぬようプチャーチンから命令書を出すことを要求し、プチャーチンは諒承した。

翌日は晴れで、寒気はきびしく、川路の宿所に筒井らが参集して、前日の会談について話し合った。

ロシア艦の動きについて、警備の諸藩や長崎奉行所では、絶えず陸上または舟の上から遠眼鏡をむけて監視していた。水兵たちが甲板を清掃したり、休憩時間に坐って長崎の町をながめていることなどが報告されていた。

その日の八ツ（午後二時）頃、「パルラダ号」からボートがおろされ、あきらかにプチャーチンをはじめ艦長や士官らが乗るのが見えた。

ボートは、近くに碇泊している運送船「メンシコフ公号」に行き、プチャーチンらは船内に入った。上陸できず無聊《ぶりよう》をかこつかれらは、たがいにボートを出して艦船を訪れ合っていて、ことに食料その他の生活必需品を積む「メンシコフ公号」におもむくことが多かった。

しばらくして、プチャーチンたちが「メンシコフ公号」の甲板上に姿をあらわし、梯子《はしご》をつたってボートにおりるのが見えた。風が激しくなっていて、港内は波立っていた。

ボートは、波に上下しながら「パルラダ号」の方へ引返そうとしたが、向い風ですすまず、強風を避けるため岸に近づき、海岸ぞいにすすんでゆく。そのうちに、肥前藩の台場見張りの水域に入りこんだ。

台場には幕がはりめぐらされていたが、幕の内側からボートの動きを注視していた台場の指揮者は、砲に砲弾を装塡《そうてん》させ、ボートが前面に乗り入れてきたので、鋭い合図の声をあげ、幕が一瞬の間に取りはらわれた。銃をかまえた藩兵たちが二段がまえで銃口を一斉にボートにむけていて、突然のその情景にボートは停止した。さらに、黒い幕をはった肥前藩の小砲をそなえた早船数十艘が、はやい速度で乗り出してきてボートを包囲した。

プチャーチンは顔をこわばらせ、ポシェットがオランダ語で叫んだが、言葉は通じない。殺気立った雰囲気に、水兵の中には恐怖にかられて手を合わせておがむ者もいた。

その情景を見まもっていた長崎奉行所の勤番の手付たちが急いで番船で近づき、肥前藩士に手で制しながらおだやかに取扱うようしきりに声をかけた。番船はボートに寄りそい、早船を押しわけるようにして包囲の外に出した。ボートは、番船に付きそわれて「パルラダ号」にむかい、接舷した。

その出来事は、奉行所から川路のもとに報告された。紛争が起きたわけではなく、川路は、長崎港警備の厳重さをロシア艦隊側に自然にしめしたことになり、むしろ好ましいことだと思った。さらに、ボートを早船の包囲の外に誘導した手付たちが、恐怖の色をみせていた水兵たちに「心もち良さ（小気味良さ）言うべからず」と言っているという話をきき、川路は頬をゆるめていた。

翌二十四日、第三回目の会談が西役所でもよおされた。

川路は、文化三年（一八〇六）と翌年にロシア艦が樺太、エトロフ、利尻をおそって放火、物資掠奪《りゃくだつ》、番人拉致をしたことを口にし、八年には国後島《くなしり》に来航したゴロヴニンを日本側で抑留《よくりゅう》したことを述べ、

「それ以来五十年近く、貴国からは絶えて音沙汰もなく、気の長い御国柄であると思っておりましたのに、三、五年お待ち下されと申上げておるのを待てぬとは、何分《なにぶん》にも合点《がてん》がゆきませぬ」

と、揶揄《やゆ》した口調で言った。

ロシアの不法行為を持ち出して、早期に協定締結をはかろうとするプチャーチンの要求をそらそうとした巧妙な発言に、プチャーチンは初めて動揺の色をみせ、かすか

に顔を紅潮させると、

「五十年前から数年前まではとりたてて急ぐ必要もなかったのですが、現在は、そうはまいりません。時勢が急速に変化したことは、蒸気船の発明をみてもあきらかです。近来、日本沿海に異国船がしばしば出現することでもおわかりのごとく、蒸気船の発明は世界をいちじるしくせまくさせたのです。わが国の船にかぎらず、諸外国の船もこれより追々《おいおい》渡来し、さまざまな要求をし、貴国にとってつぎつぎにわずらわしいことが生じましょう」

と、答えた。

さらにかれは、うわずった声で日本の現状について批判した。

二百年来、鎖国政策をとる日本は、世界の事情にうとく、新式の武力ももたない。それに比べて、諸外国は、武器の改良に積極的につとめ、常に兵の操練をおこたらず、航海術はもとより軍艦建造にも目ざましい進歩をとげている。

「軍艦のことのみを申しても、貴国の軍船数十艘をもってしても、外国の軍艦一隻に対抗などできはしません。この長崎港は、日本随一の厳重な防備をととのえているときいておりますが、わが国のフリゲート艦一隻でも容易にそれらを撃破できます」

プチャーチンは、甲高い声で言った。

その言葉を森山の通訳できいた川路は、長崎の防備という言葉を耳にして、頬がゆるみかけるのをおさえた。プチャーチンは、前日、肥前藩の早船に包囲されて狼狽《ろうばい》したことをいまいましく思い、そのような発言をしたのだ、と思った。

川路が落着いた表情で口をつぐんでいると、プチャーチンは、言葉が過ぎたと反省したらしく、

「只今申上げましたのは、つまるところ日露両国の和親を考えた上での腹蔵《ふくぞう》ない意見とお考えいただきたい。貴国に対して私が希望したいのは、鎖国政策を廃し、西洋の兵器、兵術をふんだんにとり入れて武力を充実することであり、御入用であるなら蒸気船、軍艦はもとより大砲その他の兵器も提供いたしましょう」

と、言った。

川路は、

「よくわかりました。ただし、そのお申出は御老中様の御意向をあおがねばなんとも御返事できかねます」

と、答えた。

プチャーチンは、一日も早く協定をむすぶことを強くもとめ、川路は、国法によりそれはできぬと応酬し、その日もなんの成果もみられず、散会になった。

翌日、ロシア艦側から要求のあった乗組員上陸についての規則書が、奉行所からロシア側にわたされた。上陸場は、稲佐郷の船着場から悟真寺までの地域とし、
一、上陸は朝五ツ（午前八時）より夕七ツ（午後四時）まで。
一、上陸許可の地以外には一切足をふみ入れぬこと。
一、船着場から悟真寺までの往復の折、人家または脇道に立ち入らぬこと。立ちどまることも禁じる。
一、ロシア艦よりボートで船着場までの往復途中、日本の船に近づかぬこと。
一、上陸人数は、あらかじめ奉行所にとどけること。
の五ヵ条の厳守が列記され、上陸場には監視の役人多数を配置することも記されていた。

翌二十六日に第四回目の会談がおこなわれ、朝から激しい風雨で、天候の挨拶をかわした後、討論に入った。

プチャーチンは、おだやかな口調で、

「肥前守（筒井）様より、最初の会談の席で御老中様からの回答書にある、待てという表現はふくみのあるお言葉であり、その裏にある意味をよく考えた上で待つように、と仰せられた。御老中様よりの御回答書に、古くからの政策のみをまもることは

ないと書かれており、待てというお言葉をあわせ考え、近々のうちに通商する御意思があると解釈いたします。後の証拠として肥前守様のお言葉を、書面に記しておわたしいただきたい」

と、言った。

筒井はやわらいだ表情で、

「待てと申すお言葉のふくみを、よくお考え下されれば、御納得いただけましょう。私たち二人は、追って江戸にもどり委細《いさい》を御老中様におつたえいたし、必ず力をつくします」

と述べ、川路も、

「書面にしておわたしいたす。使節殿の顔をつぶすようなことはいたさぬつもりです」

と、答えた。

樺太に至急国境調査の日本人役人を出張させるようプチャーチンはかさねて要求し、川路は重要なことなのでそれには時間を要すると応酬し、いらだったプチャーチンは、来年の三、四月頃までに調査の日本人役人が樺太へおもむかぬ場合には、ロシア人を樺太全島に移殖させる、と主張した。

その言葉に川路は、にわかに色をなし、

「さてもさても不法なことを申される。アニワ湾附近はわが国の古くからの確実な所領であるのに、勝手にその地に殖民するなどと乱暴なことを申される。これはきき捨てならぬお言葉。そのようなお気持であるなら、協定などむすべるはずはなく、協議は一切無用である」

と、甲高い声で言った。

そのきびしい口調に、森山も表情をこわばらせて通訳した。

プチャーチンは少しの間黙っていたが、

「私が申し上げた真意は、すみやかにこの問題を解決したいからであり、御気分をそこねられたことをお詫びする」

と、言った。

ついでプチャーチンは、通商問題をとりあげ、ロシア船が薪《まき》、水、食料を絶やして日本の港に入った折に日本側はどのように扱うつもりであるか、とたずね、川路は、どの国の船であろうとそれらを無償で提供する、と答えた。

この件について、プチャーチンは、有料にして欲しいと要請し、川路は、国法によって代金を受取ることは禁じられている、と言って拒否した。

筒井が、伏していた眼をあげて言った。

「通商の協定がむすばれぬ前に、有料で薪、水、食料をわたしたとすれば、とりも直さず貿易のきっかけを作ったと言われるでしょう。あくまでも協定がむすばれることが先決で、物事には順序というものがあり、そのようなことは口になされぬ方がよろしいかと存じます」

プチャーチンがさらにかさねて要求したが、筒井は、

「とにかくそのようなことは、大事の前の小事と申すもので、論じない方がよろしい」

と、微笑しながら言った。

プチャーチンは、納得したらしくうなずいた。

その日の会談も終りに近づいた頃、不意にプチャーチンは眼をいからせて口をひらいた。

「昨日、わが艦の乗組員が長崎に上陸することについて、御奉行様より上陸の注意書をいただいた。あれでは乗組員は囚人さながらの扱いで、はなはだ礼を失している」

かれは、両奉行に憤りの眼をむけ、

「昨秋以来、御奉行様のわれらに対する扱いは、まことに無礼そのものであり、苛酷

である。肥前守（筒井）様、左衛門尉（川路）様におかれては、なにとぞそれを正されることをお願いする」

と、声を荒らげて言った。

奉行の水野忠徳は憤然として反論したが、川路はなだめ、プチャーチンに、事情もあることと思うので調べた上、次回の会談でお答えするとつたえ、会議を終了した。

その夜五ツ半（九時）頃、川路は高熱を発して悪寒《おかん》におそわれ、体から汗がふき出た。かれは、江戸を出立する前、妻の佐登《さと》からわたされた葛根湯《かっこんとう》を口にし、幸いそれが効果があったらしくようやく汗がひいた。

しかし、翌日の暁七ツ（午前四時）頃には、激しい吐気《はきけ》をもよおして眼をさました。気分が悪く意識がかすみ、かれは声をあげて隣室に寝ている家臣の宮崎復太郎を起し、医師を呼んでくるように言った。前年にも大流行した傷寒《しょうかん》（腸チフス）は、激しい悪寒、発熱、発汗に嘔吐《おうと》をともなうといい、気候風土の異なる長崎で神経をすりへらしてプチャーチンと討論をくり返しているため、その疫病《えきびょう》にかかったにちがいない、と思った。

他の家臣たちも起きてきて、蒼白な顔をして嘔吐をつづける川路に驚き、宿所はあわただしい空気につつまれた。

傷寒にかかると死ぬことが多く、川路は大任を負うた身で死ぬのが堪えがたかった。プチャーチンの鋭い論法に、これまで身につけてきた知識と機に応じた判断で対してきたが、自分亡き後、老齢の筒井が談判のすべてを負うのは至難のわざと言える。討論の前面には自分が立ち、プチャーチンの要求をきびしくはらいのけ、時には刃先をつきつけるような言葉を浴びせかける。

その応酬を筒井は無言できいていて、老人らしい思慮で微笑しながら口をひらき、尖鋭化した空気をやわらげる。川路は剛の態度で終始し、筒井は柔軟にそれを背後からささえ、これまで過ちもなく談判をつづけてきた。

川路は、高熱と悪寒に死を予感した。

やがて、医師がやってきて枕もとに坐った。嘔吐感は、わずかながらもしずまっていた。

医師は、川路から症状をきくと、胸に耳を押しつけて心音をきき、口中をのぞき、眼をしらべ、腹部の数個所を指先でくり返し押した。

川路は不安をおぼえていたが、背をのばした医師は、普通の風邪で、これ以上悪くなることはない、と落着いた口調で言った。川路は、深い安堵を感じた。

医師が去り、川路は按摩《あんま》を呼んでもらって手足をもんでもらい、まどろんだ。

夕刻近く、医師が再びやってきた。すでに気分は良くなっていた。

診察した医師は、

「明日、寒くないように厚着をなされば、外出をなさってもよろしゅうございます」

と、言った。

川路は、死を覚悟したことが可笑しく、医師が去った後、家臣たちに、辞世の句を朝はひそかに考えていたことを告げ、声をあげて笑った。

翌二十八日は曇天《どんてん》で、風が強かった。

医師の言ったとおり、症状はすっかり消え、川路は一汁一菜の朝食をとった。

プチャーチンと第五回目の会談がおこなわれる予定になっていたので、厚着をして宿所を出ると、いつものように駕籠に乗って西役所へおもむいた。筒井、荒尾をはじめ随員たちも参集した。

風は、さらに激しくなり、港の海面に白い波が立ち、プチャーチン一行がボートでこられるかどうか危《あや》ぶまれた。

しかし、四ツ半（午前十一時）すぎには、「パルラダ号」からボートが二艘おろされるのが見えた。ボートの左右に奉行所の番船が十艘ほどつき、ボートとともにこちらにむかって動きはじめた。が、番船は、今にもくつがえるかと思うほど上下左右に揺れ、動きもにぶい。それにくらべてボートは、凪いだ海上をすすむように、番船を大きく引きはなして大波止についた。

川路は、その情景に西洋の船づくりと操船が日本のそれを大きくうわまわっているのを感じた。

席についたプチャーチンは、第二回会談で川路が要求した、日本の調査役人を丁寧にあつかうべしという樺太守備隊長に対する指令書を提出した。それはオランダ文で書かれていて、森山が和訳して読みあげ、川路は諒承した。

川路は、会談で双方の主張も一応出そろったので、今後は筆頭随員の中村為弥を通詞の森山とともに「パルラダ号」におもむかせ、双方、文書を交換することによってそれらの妥協点を見出したいと提案し、

「当方からの文書は、御老中様からの御回答書の範囲をこえることはできがたいが、使節殿の顔を立てたものにしたく、御理解いただきたい」

と、述べた。

プチャーチンは諒承し、中村が日本側の書面をとどけることになった。

書面の交換は、会談が一段落したことを意味していた。

プチャーチンは、

「およその会談も、これにて一応終了し、大慶に存じます。ただし、お名残り惜しくもあり、今一度最後の御面談をいたしたく思いますが、御都合はいかが」

と、たずねた。

川路は、

「日本暦で歳末をむかえ、正月元日、二日、三日は御面談できかねます」

と答え、最後の会議を一月四日と決定した。

さらに川路は、

「中村為弥に持参させます書面は、使節殿の顔を立てるために心をくだいて記したものにいたしますので、一月四日にはめでたく合意に達することを願っております」

と、口もとをゆるめて言った。

プチャーチンは、

「たとえ四日に合意に達せずとも、このたびは、その日を最後に快くお別れすることを願っています」

と、おだやかな表情で答えた。

ロシア艦乗組員の上陸場の件について、筒井は、奉行が職務柄、国法にもとづいて規則をさだめたことを述べ、応接掛もそれを妥当と考えている、とつたえた。

プチャーチンは、

「一昨日は、一時の思いこみで申した次第で、艦にもどってから後悔し、御奉行様にはお気の毒なことをしたと思っております」

と述べ、この件は落着した。

これで会議は終り、プチャーチンは、

「御一同様、めでたく新年をおむかえ下さい」

と挨拶し、西役所を去った。


長崎の町々には、歳末のあわただしい動きがみられた。

門松が立てられ、餅つきの音がさかんにきこえ、鏡餅に塩鰤《しおぶり》をそえて親戚にくばる男の姿がみられた。木棉合羽《もめんがっぱ》に白木棉の脚絆《きゃはん》をつけた掛取《かけと》りの男が、足ばやに家並の中を往き来していた。

二十九日には、丸山の唐人行き遊女が、唐人から支はらわれる代銀を受けとりに衣裳、髪飾りも美々しく、禿《かむろ》、遣手《やりて》、若者などをしたがえて長崎会所に轎子《かご》に乗って出向いてゆく。それを見物する者たちで町は夕刻までにぎわった。

その日、川路は、プチャーチンにわたす書面を作成した。

内容は、樺太の日露国境をさだめるため日本の調査役人を派遣すること、薪、水、食料が欠乏して救いをもとめてきたロシア船には、それらを江戸からはなれた港で無償提供すること、エトロフ島は日本領であることで、それを森山にオランダ文に飜訳させた。

その日、肥前藩主鍋島直正が川路を宿所に訪れてきた。かれは、ロシア艦乗組員の上陸場に決定した稲佐郷が長崎の肥前藩邸と入江をへだててむかい合っているので、藩邸に砲をすえさせるなど指示していた。が、それでも気がかりで二日前に佐賀を発し、長崎に入って台場を視察していたのである。

直正は、川路に警備状況を報告し、しばらく対話して去った。

大晦日には家々で豆撒《ま》きがおこなわれ、諏訪社《すわしや》では豆をひろう参詣人《さんけいにん》でにぎわった。

川路は、前日作成した覚書を中村為弥に持たせ、森山栄之助を付きそわせて「パルラダ号」におもむかせた。が、いつまでたってもかれらは帰らず、ようやく五ツ（午後八時）すぎにもどってきた。

川路は、中村の報告をきき、顔をしかめたが、予想した通りであるとも思った。

中村が覚書をわたすと、プチャーチンはそれを読む間、中村に艦長室で待つように、と言った。中村が艦長室で待っていると、やがて姿をあらわしたプチャーチンは、覚書はこれまでの筒井、川路の主張を述べただけにすぎない、と不満の意をしめし、エトロフ島が日本領であるときめていることに強く反撥した。

中村と森山は、主張をくり返し、激しい応酬がかわされた。ただし、その間、プチャーチンは憤りの色をみせず、中村と森山に酒食をもてなし、贈物までしたという。プチャーチンはロシア側で作成した条約試案書を中村にわたし、それをもとにして四日に調印に漕ぎつけたいという希望を述べ、中村は、森山とともに退艦したという。

年が明け、元旦をむかえた。空はどんよりと曇っていた。

起床した川路は、髪をゆわせた後、広い部屋に出て家臣たちからの新年の祝辞を受け、雑煮を口にした。副菜は鰯《いわし》の干物二枚だけで、酒も出されていなかった。

元日ではあるが、昨夜、中村がプチャーチンから受取ってきた条約試案の扱いについて協議する必要があり、九ツ（正午）に筒井の宿所の長照寺に集ることになった。

川路は、駕籠に乗って長照寺にむかった。

町は、元日らしいはなやかさにみちていた。松、竹、梅を奉書紙でつつみ、それに紅白の水引きがむすばれたものが戸口にとりつけられている。墓参や神社参詣に正装してゆく者が歩き、チャルメラ吹きが、銅鑼《どら》を打ち、片張太鼓を鳴らして家々をまわっている。江戸の静かな元日とちがって、町々がにぎやかにわき立っているように感じられた。

長照寺についた川路は、筒井、荒尾、古賀と中村ら随員とともにプチャーチンの条約試案について協議した。

試案は、樺太、千島の国境画定と通商についてロシア側の主張がすべてもりこまれ、それを条項とした条約をすみやかに締結して欲しいという内容であった。川路らは、ロシア側の一方的な要求に憤然として、明日、中村を「パルラダ号」に派遣し、それをプチャーチンに返却することに意見が一致した。

翌日は雨で、中村は条約試案書を手に森山とともにロシア艦にむかった。

川路のもとには、長崎奉行をはじめ多くの者が年始の挨拶にやってきて、かれも返礼のために奉行所その他をまわった。夜になって宿所に帰ったが、中村がまだもどってきていないことを知り、気がかりであった。

プチャーチンとの会談で、川路は、老中よりの回答書の範囲を逸脱《いつだつ》することなく、わずかに樺太の国境画定に調査の役人を早目に派遣することを容認しただけで、他の要求は一切拒否の姿勢をとりつづけてきている。最後にプチャーチンは条約試案書を提出してきたが、それを突き返したことで、プチャーチンが激怒していることが予想された。

川路は、自室で長い間坐っていた。日本の防備力はロシアと比較できぬほど貧弱だが、軍事力に屈することなく妥協せぬことが日本にとって必要なのだ、と思った。

中村が森山とともにもどってきたのは、四ツ（午後十時）すぎであった。

川路は、中村の報告をきいた。

条約試案書を返却すると、プチャーチンは顔を紅潮させて憤りをあらわにし、中村との間に激しい言葉のやりとりがあった。中村は屈せず、また森山も言葉をそえて険悪な空気になった。が、次第にプチャーチンは黙しがちになり、ようやく条約試案書をおさめたという。

プチャーチンは、筒井ら応接掛が条約試案書を受取らないならば、老中あての文書をつくる、と言って、中村たちを待たせて文書を作り、筒井、川路ら応接掛あての文書とともに中村にわたした。

一応おあずかりすると中村は受取ったと言い、川路に二通の文書を差出した。中村も森山も眼が異様に光り、顔に疲労の色が濃くうかび出ていて、川路は、かれらがプチャーチンに圧伏されまいと力をつくしたことを知った。

「御苦労であった」

川路の言葉に平伏して顔をあげた二人の眼には、かすかに涙が光っていた。

中村は、プチャーチンが四日に西役所へゆく予定であったが、珍しい物も見せたく、別れの挨拶もしたいので日本の応接掛たちに「パルラダ号」にきてくれるよう頼んで欲しい、と告げたことをつたえた。

夜もふけ、二人は川路の部屋を出ていった。


翌朝、川路は安禅寺《あんぜん》、大音寺《だいおん》に参詣し、四ツ（午前十時）に他の応接掛とともに筒井のもとに参集し、中村が持帰ったプチャーチンからの老中あてと応接掛あての文書について話し合った。

老中あてのものは封をひらくことができないが、応接掛あての文書はその内容の概略を説明したもので、老中あての文書が日露修好条約草案であるのを知った。

種々協議の末、条約締結は拒絶し、国境画定については、エトロフ島は日本領、樺太は実地調査をおこなった上で定めることにし、樺太のロシア守備隊の全面撤兵をもとめることに意見が一致し、それを筒井、川路の連署によって文書を作成した。

また、ロシア艦に招待したいという要求には応じることもきめ、それをロシア艦側につたえた。

夕方から雨になり、翌四日の朝になってもやまなかったが、九ツ（正午）頃より雲がきれ、陽光が長崎港の海面をかがやかせた。

四隻のロシア艦船には、川路らをむかえる万国旗がかかげられ、微風にゆらいでいた。

筒井、川路、荒尾、古賀のそれぞれ乗った駕籠が、行列をくんで西役所の門を出てすすみ、大波止についた。八ツ（午後二時）少し前であった。

はなやかな五色の幕がはられた筑前藩の御用船が待っていて、川路は、筒井らとともに艀《はしけ》に乗って御用船に乗り移った。船には川路らの家紋を染めぬいた船印が、筑前藩の船印とともに立てられていた。随行の中村たちは奉行所の船に乗り、二艘の船は多くの番船にかこまれて大波止をはなれた。

雨のあがった長崎の家並は明るい陽光につつまれ、港の海面は湖のように凪いでいた。

御用船が万国旗に彩られた「パルラダ号」に近づくと、艦上から軍楽隊がかなでる楽の音がおこった。

艦に御用船が接舷し、川路らはボートに乗り移り、梯子をのぼって甲板にあがった。舷門に士官らがならんで出迎え、使節プチャーチンも近づいてきて歓迎の挨拶を口にした。

ポシェット少佐が、砲撃訓練をお見せしたいと言い、砲術士官に顔をむけると手をあげた。それを受けた士官がサーベルをひきぬき鋭い声で合図をすると、軍楽隊が小太鼓を激しく打ち鳴らし、整列していた四百人近い水兵が散って舷側にすえられた大砲に走り寄り、素ばやく砲の覆いを取りはらって砲に砲弾を装塡した。発射はせず操作のみで、水兵たちは砲のかたわらを走ってはなれると、もとの場所にもどり、再び整列した。川路らは、水兵たちの機敏な動きに視線をすえていた。

ついで、操帆訓練がおこなわれた。士官が命令を下すと、水兵たちは競い合うように一斉に走って三本の帆柱にとりついた。帆柱の高さは二十八間余もあり、柱にとりつけられた帆綱、縄梯子をつたい、つらなってのぼってゆく。口笛のような鋭い音のする笛が吹き鳴らされると、水兵たちは左右の帆桁《ほげた》にはやい速度で動いてゆく。この折の情景を川路は日記に、

「帆桁を東西へ奔走し、帆づなに伝わり、上下するさまは、全くに蜘《くも》の如し」

と、記している。

帆柱のすべての帆桁に水兵たちがならぶと、笛の音がおこって、白い帆が展張《てんちょう》され

はじめた。

「あちらの船にも……」

と言う家臣の声に、川路は、家臣の視線の方向に眼をむけた。近くに碇泊している三隻の艦船でも同時に操帆がおこなわれていて、帆がつぎつぎにひらかれている。

「おろしや船は、このまま出船するのではあるまいか」

家臣たちのかわすささやきには、危惧のひびきがこめられていた。

再び鋭い笛の音がおこり、水兵たちはひらいた帆をおさめはじめた。それを見上げる家臣たちの顔に、ようやく落着きの色がもどった。

訓練が終了し、プチャーチンは、川路ら応接掛を自室に案内した。

ビイドロのはられた窓の近くに長い台がもうけられ、その上に美しい毛氈が敷かれていて、川路は、筒井、荒尾、古賀とともにうながされてその上に坐った。プチャーチンと艦長らは椅子に坐り、中村ら随員にも椅子があたえられた。

川路らに顔をむけたプチャーチンが、おもむろに口をひらいた。

「このたび、おわたしいただいた御書面に、ロシアは他の異国とちがい格別のお取扱いをして下されると記されておりますが、それに相違はございませぬか」

川路は、プチャーチンにおだやかな眼をむけると、

「貴国は、わが国の隣国であります故、他の異国とちがい別段のお取扱いをいたす所存です」

と、答えた。

「ありがたく存じます。それでは、オランダ、中国をのぞく他の国が通商をもとめ、それを日本が認可した折には、必ずわがロシアにも許容していただけるものと解釈いたします」

「貴国に許容するのは、申すまでもないことです」

「今後、外国に通商を許された折には、それにともなう条件と同様の条件をわがロシアにもお許し願いたく……」

「当然のことです」

プチャーチンは、それを書面にしてわたして欲しいと要請し、川路は承諾した。

この問答によって、長崎での会議は事実上終了したことになり、プチャーチンは、

「これにて申すべきことはなにもありません。御重臣のお二人が艦においで下さり、わが皇帝陛下も長い和親のあかしとお喜びなさると存じます。昨夜来の雨もかくまでに晴れ、喜びにたえません。こちらにおいで下さい」

と、川路たちを次室にみちびいた。

その部屋には、広いテーブルのまわりに椅子がおかれていて、プチャーチンは、筒井、川路の手をとって坐らせ、荒尾、古賀、中村、菊地も坐り、プチャーチンと艦長らは筒井の横の椅子に腰をおろした。

箕作阮甫ら随員と士官たちは、士官室にもうけられた席についた。

部屋の隅に立った数人の軍楽隊員が、静かな楽の音をかなではじめると、料理がつぎつぎにテーブルにはこばれてきた。川路たちはナイフとフォークでそれらを口にはこんだ。

和気にみちた空気がひろがり、たがいに酒をグラスに注ぎ合った。江戸発足以来、禁酒をつづけて酒席でも杯に少し口をつけるだけであった川路も、大過なく会議を終えたことで禁をやぶり、グラスをかたむけた。

快い酔いに、かれは森山の通訳でプチャーチンとしきりに言葉をかわし、ゴンチャロフにも食物やその調理法をたずねたりした。

川路は、同じテーブルについている若い書記に時折り視線を走らせていた。その書記は、会議の折に常にプチャーチンのかたわらについていて、会議の内容を一心に手帳に書きとめていた。温和な顔立ちをしているが、眼の光に頭脳の冴えが感じられた。

川路は、書記を手招きした。

突然のことにいぶかしそうな表情をした書記は、さらに川路が手招きをしたので席を立ち、川路のかたわらに立った。

川路は、グラスの酒を飲み干して書記にグラスをわたし、酒を注いだ。書記は礼を述べて、それを飲んだ。プチャーチンたちは、興味ぶかげな眼を二人にむけている。

「何歳になる」

川路がたずねると、森山の通訳で書記は、

「十八歳五ヵ月になります」

と、答えた。

うなずいた川路は、

「汝は才子である。どうだ、私の子にならぬか」

と、言った。

その言葉を森山が通訳すると、プチャーチンをはじめ艦長たちは口もとをゆるめ、書記も無言で微笑している。

「女は知っているのか」

森山が目もとをゆるめて川路の言葉を通訳すると、席に笑い声がみち、書記は顔を赤らめてただ笑っているだけであった。

「この少年はまことに賢い男子だ。人相もきわめてよい」

川路が言うと、プチャーチンたちは嬉しそうにうなずいていた。

川路は、胸の中でひそかに先妻との間に生れた長男彰常《あきつね》のことを思いうかべていた。幼少の頃から非凡であることがうかがえ、十一歳で四書五経の素読の御吟味に出て反物《たんもの》三反をたまわり、その後も学問にはげんだ。剣術、槍術、馬術の修業にもつとめ、性格も温順で、川路は自分よりすぐれた素質にめぐまれていると考え、大いに将来を楽しみにしていた。しかし、かれが奈良奉行として奈良の任地にいた弘化《こうか》三年（一八四六）秋、彰常が江戸の留守宅で病死したという報《しら》せを受け、身をもだえて嘆き悲しんだ。

七年前に二十二歳で死んだ彰常とその若い書記の顔とがかさなり合い、川路は、かたわらにまねき、冗談ではあったが、わが子にならぬか、と声をかけたのだ。

書記が自分の席にもどり、一層なごんだ空気になった。

歓談がつづく中で、秘書官のゴンチャロフが、川路が手にしている扇子《せんす》に眼をとめ、見せて欲しいと言い、川路はそれをわたした。

ゴンチャロフが、物珍しそうに扇子をひらいたり閉じたりしているので、川路は、それを差上げる、と言った。

通訳官のポシェットからそれをきいたゴンチャロフは、

「常に御愛用なされているお品を下されかたじけなく存じます」

と言い、ポケットに手を入れると時計を取り出し、そこについている金鎖をはずして川路に返礼として受取って欲しい、と差出した。川路は、扇子の返礼としては高価すぎるのでしきりに辞退したが、ゴンチャロフはきかず、礼を言って受取った。

さらにゴンチャロフは、

「貴殿の時計をお見せ下さい」

と、言った。

川路は、当惑した。所持している袂時計《たもと》（懐中時計）は、一昨年、勘定奉行に昇進した時、商人から五両で購入したオランダわたりの古びた粗末な銀時計であった。出して見せればさげすまれるのは目にみえていたが、金鎖を受けとりながら袂時計を持っていないとは言えず、やむなく懐中から出してわたした。

袂時計には紐がついていたが、ゴンチャロフは紐をはずして川路に贈った金鎖をつけた。その様子を見ていたプチャーチンがゴンチャロフに声をかけ、袂時計を手にした。

プチャーチンは、ポケットから自分の時計を取り出し、

「貴殿の時計は、時間が少し狂っている」

と言って、針をなおした。

さらにかれは裏蓋をひらいて内部を見つめ、時計を川路に返した。

プチャーチンは、

「銀時計に金鎖はふさわしくない。これをお贈りしたい」

と言って立ち、近くの机の上におかれた鼈甲《べっこう》でつくった箱を手にして席にもどり、川路に差出した。

川路が箱の蓋をひらいてみると、中に見事な金時計が入っていた。艦を訪問する前に、かれは、プチャーチンに大草直胤《おおぐさなおたね》作の白鞘《しろさや》の脇差《わきざし》と小刀を贈っていたので、その返礼かと思い、礼を言って受け取った。

川路は、長居をしすぎたことに気づいた。自分たち応接掛がロシア艦におもむいている間、長崎奉行は不祥事が起きないかとあやぶみ、長崎警備の諸藩とともに艦隊の動きを監視し、厳重な警備をしいている。かれらを安堵させるためには、早目に艦をはなれる必要があった。

筒井も同じことを考えていたらしく、川路が眼で合図をすると、プチャーチンに温

いもてなしを受けたことに感謝の言葉を述べ、辞去する旨をつたえた。

プチャーチンは押しとどめ、テーブルの料理をすべてさげさせると、五寸ほどの長さの蒸気車を持ってこさせた。さらに模型の線路を持ってこさせるとそれを円形に組み立てさせ、蒸気車の車輪をその上にのせた。

川路は洋書で蒸気車の構造図を見たことはあるが、実物の模型を眼にするのは初めてであった。

ポシェットが森山の通訳で説明した。その模型は良質の焼酎を燃やして車輪をまわすが、実物の動力は石炭で、モスクワからペテルブルグまで日本里数で二百八十里の距離を、乗客五百人余を乗せた客車数輛をひいて一日で行く、と言った。

説明を終えたポシェットが焼酎に点火すると、やがて模型が走り出し、車輪の音をさせながら線路をまわりはじめた。川路たちは、感嘆の声をあげて蒸気車の動きを見つめていた。

やがて筒井がプチャーチンに顔をむけ、

「良い土産話ができました」

と礼を言い、川路たちもプチャーチンたちと挨拶をかわしてテーブルのかたわらをはなれた。

甲板に出ると、すでに夜の闇は濃く、川路らは梯子でボートに降り、そこから提灯のつらなった筑前藩の御用船と奉行所の船に分乗した。

船が艦をはなれると、甲板上で鋭い笛の音がおこり、帆柱にのぼってゆく水兵の姿が見えた。水兵たちは、手に青白い火を放つ筒を持っていて、帆桁をつたって横にならんだ。それは応接掛を歓送するためのもので、青白い光に海面は明るくかがやき、川路らは、その美しい光を見つめていた。

西役所にもどったのは五ツ半（午後九時）で、待っていた奉行たちは、事故もなく川路たちが帰所したことを喜んだ。

川路は、これまでの談判の経過を記した勘定奉行あての書状を二通作成し、応接掛が連署して奉行に江戸へ発送するよう依頼した。

散会して九ツ（午前零時）すぎに宿所にもどった川路は、行灯《あんどん》のかたわらに坐ってプチャーチンから贈られた鼈甲の箱の蓋をひらいてみた。

時計を取りあげると、その下に川路左衛門尉様と漢字で書かれた札があるのを眼にした。

その文字を見つめたかれは、思わず頬をゆるめた。

ゴンチャロフが扇子を欲しがり、それをあたえると、金鎖を返礼として寄越し、川路の銀時計に鎖をつけた。プチャーチンは、銀時計に金の鎖は不釣合いだと言って、金時計を贈ってくれた。しかし、時計の下に川路の名を記した札があることからみて、プチャーチンは初めからその金時計を贈るよう用意していたことはあきらかであった。粗末な銀時計を持っている川路の気持を傷つけまいとしてゴンチャロフとあらかじめ打合わせをし、扇子、金鎖を使って金時計をさりげなくわたすよう仕組んだにちがいなかった。

小憎いことをする、と川路は胸の中でつぶやきながらも、プチャーチンの心づかいに感謝した。

翌五日は朝から雨で、ロシアの蒸気艦「ヴォストーク号」が上海にむけて出港していったという報告が奉行所からあった。ロシア艦隊は上海へおもむく予定になっていて、その艦が先航したにちがいなく、川路は艦隊が長崎をはなれる日が近いのを感じた。

川路は、疲労を感じ、按摩をとって午睡した。

プチャーチンから、八日に長崎をはなれることにしたので、その前日に別れの挨拶をするために上陸したいという申出があり、応接掛は承諾した。

七日にプチャーチン一行が西役所にきて、応接掛は日本料理を出して歓待した。プチャーチンは、料理が美味だと言ってさかんに口にし、酒を飲んだ。士官の中には箸《はし》を巧みに使って飯を三杯お替りする者もいた。

剽軽《ひょうきん》な秘書官のゴンチャロフは、酒に酔って上機嫌になり、咽喉《のど》に手をあて、その手を上方にあげて頭にふれ、さらに頭上高くあげることをくり返した。それは食物を十分に頂戴したという意味で、咽喉だけではなく頭からはるか上方まで食物をたらふく口にしたという仕種《しぐさ》であることを知り、川路たちは大笑いした。

プチャーチンは、ロシア艦隊の入港で奉行の任期が切れたのに長崎にとどまっている大沢秉哲に同情し、江戸で奥方そのほか親族の者たちがどれほど待ちわびているかと思うとまことに申訳なく、江戸に帰った折には奥方様たちによろしく申上げて欲しい、と言った。

ついで、現奉行の水野忠徳に、

「役目柄、これまで耳ざわりのことなど申し上げ、御気分を害されたと思う。なにとぞお許し下さい」

と、言った。

川路は、歯の浮くようなプチャーチンの言葉に、内心ではどのようなことを考えているかわからず、異国人は警戒しなければならぬ、と思った。

かれらは、それぞれ別れの言葉を述べて、艦にもどっていった。

その日、老中より荒尾成允あての書状が急飛脚で到着した。ロシア艦隊が退帆しても、取締りとしてしばらく長崎にとどまって今後の様子をうかがい、万一外国船が入港してきた時には長崎奉行と相談し善処するように、という内容であった。

翌八日は、三隻のロシア艦隊が退帆する日で、天候が悪ければ延引するはずであった。日本側としては、一日もはやく退去してくれるのが望ましく、川路は、夜明け近くに眼をさまして外に出てみた。空には少し光のうすれた星が散り風もおだやかで、出港には支障がないことを知った。

その日は奉行から長崎港警備の諸藩に、順風ならばロシア艦隊は出港するはずだから警備を厳にするように、という通達が発せられていた。幕がはられた各藩の砲台では、すべての砲に砲弾を装塡し、軍船も所定の位置についていた。

九ツ（正午）すぎ、各艦に帆がひらき、つぎつぎに錨《いかり》がぬかれるのが見えた。空は青く澄み、帆は順風をうけてふくれた。

艦が縦列になって動き出し、香焼島《こうやぎ》と四郎島との間を西方にむかってすすんでゆく。帆柱の上には、望遠鏡を砲台にむけた水兵の姿が見えた。

各所の高台にもうけられた見張番所では、番人が遠眼鏡で艦の動きを追った。艦は伊王島のかたわらをすぎ、やがて外洋に出た。野母崎《のもざき》の先端の権現山にある見張台では、見張の者が洋上を遠ざかる艦影に遠眼鏡をむけ、八ツ半（午後三時）近く狼煙《のろし》をあげた。それは、帆影没すを報せるものであった。

その報告が川路のもとにもつたえられたが、ロシア艦隊の副官であるポシェット少佐から日本の応接掛あての書簡が、出帆直前に奉行所役人に手渡されていた。

その書簡は、森山栄之助によってただちに和訳された。書簡には、樺太の北緯五十度以南を日本領とすることは不当で南端のみと限定するのが妥当であること、江戸にもどった応接掛は国境画定、通商問題についてなるべく早く結論を出して欲しいこと、使節プチャーチンは春に北方の地を巡回後、日本を再び訪れることが記されていた。

川路は、応接掛としての大役を一応はたせたことに安らいだ気持になっていた。

その日は寒気がことのほかきびしく、夕刻になると洟水《はなみず》がしきりに出て頭痛もするようになった。かれは、夕食後、ふとんに身を横たえた。

翌日になると偏頭痛《へんずつう》が激しくなって、眼窩《がんか》の奥まで痛むようになった。

奉行所かかえの医師間野俊庵が往診にきて、風邪だと診断し、川路はあたえられた薬をのんで終日身を横たえていた。翌日には医師の太田祐慶の診察をうけ、鍼《はり》と按摩をしてもらい、症状は消えた。

翌朝、床をはなれて髪をゆわせ、川路の宿所で筒井らと会合を持ち、これまでの交渉経過を書類にまとめて江戸に送った。これによって、応接掛の仕事はすべて終了し、夜八ツ（午前二時）に散会した。

十三日は晴天で、暖かかった。

奉行大沢秉哲のさそいで、川路は、箕作阮甫らとともに巡見に出た。その日は奉行所の御用始めで、長崎の町には、正月のおだやかな空気がひろがっていた。

川路は、白梅がすでに落花し、紅梅が開花しているのを眼にした。長崎にきて以来、プチャーチンとの会議とそれにともなう筒井らとの会合で町の情景をゆっくりと見る機会はなく、梅の花にも気づかなかった。あらためて町をながめてみると、いたる所に水仙の花がひらいていた。

大沢の案内で西山郷の御薬園、東上町の武器庫、東中町の長崎会所を見てまわり、海に突き出た出島に入った。

橋をわたった所に門があり、それをくぐるとオランダ商館長ドンケル・クルチウスと森山栄之助らオランダ通詞が出迎えた。青白紅のオランダ国旗が白い柱の上にひるがえり、商館の建物がならんでいる。川路らは、商館長の家にみちびかれた。

家は二階建で、ビイドロのランプが所々におかれ、クルチウスの書斎にはビイドロの板がはまった妻子の写真の額が机の上におかれていた。二階には露台があって、そこからは港とその周囲の丘陵が一望のもとに見え、川路は、長崎の美しい光景にしばらくの間立ちつくしていた。

外科医のオットー・モーニッケが姿をあらわして挨拶し、内臓のみえる人体の模型について説明した。また、眼球を焼酎にひたした容器も見せてくれた。洋学者の箕作は、電気機器についてオランダ語でモーニッケに質問し、しきりにうなずいていた。

翌日は、再び大沢の案内で唐人屋敷におもむいた。オランダ商館とは対照的に築地《ついじ》はやぶれ、家はかたむいて荒涼としていた。唐人たちも顔色が悪く痩《や》せこけていて、眼にも弱々しい光がうかんでいた。かれらの祖国には太平天国の乱がおこっていて、一昨年までは唐船が五、六隻は入港していたのに昨年からは一隻も姿をみせず、唐人屋敷は疲弊《ひへい》しきっていたのである。

川路は、あらためて国が戦乱でみだれることの恐しさを感じた。

荒尾は老中の命令によって長崎にとどまることになっていたので、川路は、筒井と江戸へ出立することについて打合わせをした。江戸から長崎へくる時には、宿場の手配や人足の調達に支障がないように川路が先行し、それぞれ一日おくれで荒尾、筒井が旅をしたが、帰路も川路が十八日に、筒井が翌日長崎を出立することになった。

川路は、長崎をはなれる前に港の防備状況を眼にしておきたいと考え、筒井も同意見なので、大沢を介してその年の年番警備にあたる肥前藩にその旨を申入れた。しかし、ロシア艦隊の来航で佐賀から出向いてきていた警備の藩士の大半は、艦隊が退帆したので佐賀に引返してしまっていた。また各砲台の砲手も、ロシア艦隊が出港時に装塡した砲弾を発射して砲腔の洗滌も終えていた。

肥前藩としては、筒井、川路らをむかえるにはふさわしくない状態であったが、警備に対する藩の熱意をしめす絶好の機会と考え、快諾した。

翌十五日は快晴で、大波止に応接掛の筒井、川路、荒尾、古賀をはじめ随員が集り、また奉行の大沢も姿をみせた。一行は、肥前藩の御用船と奉行所の船に分乗し、大波止をはなれて港内をすすみ、港口を出ると神ノ島につき、上陸した。

四十六年前の文化五年（一八〇八）八月、オランダと敵対関係にあったイギリスの「フェートン号」が、オランダ船をよそおって長崎に入港し、オランダ商館員を一時拉致する事件がおこった。その不法な行為に対抗することもできなかった長崎奉行松平康英は、責を負って自刃した。

その事件は、肥前藩にも衝撃的な打撃をあたえた。その年の長崎警備は肥前藩が担当していたが、警備の藩兵はほとんど佐賀に引揚げていて、藩の重大な過失となった。そのため長崎に残留していた藩の聞役関伝之允は切腹、手付菅原保次郎、同上川伝右衛門は押込《おしこめ》を命ぜられた。さらに藩兵の長崎常駐を怠ったかどで、江戸にあった藩主斉直《なりなお》も百日間逼塞《ひっそく》に処せられた。

この事件は、肥前藩に一大転機をもたらし、斉直についで藩主となった斉正《なりまさ》は、藩の財政建直しをはかるとともに長崎防備に力をそそぐようになった。

経済政策が効を奏するにつれて、斉正は洋学研究を奨励し、それによって長崎の防備施設を西洋流に拡大強化した。最もきわ立った施設は、長崎湾口の神ノ島と伊王島の台場構築であった。両島の山をけずって造成し、障壁をきずいて佐賀で鋳造した大砲をぞくぞくとはこびこんですえつけ、十六万両の工費をついやして前年の六月に完工していた。

上陸した川路らは、肥前藩士の案内で神ノ島、四郎島、小島の各砲台と弾薬庫を巡覧した。それらの規模が大きいことに、川路らは感嘆した。

ついで小島から船に乗り、兜崎《かぶとざき》の砲台を遠くから見て引返し、港口に近い高鉾島に船を寄せた。

新砲台が完工してから実弾射撃をしたことはなく、肥前藩の砲員は、川路らの巡視の機会に初の発射演習をこころみることになった。まず、神ノ島の崎雲の山上にもうけられた砲台から、演習開始の号砲が放たれた。それをうけて、伊王島の西崎砲台からの発射についで中の田千場、一本松等の砲台にすえられた砲が火を吐き、砲声が空気の層を引き裂くように海上一帯にとどろき、遠い海面に水柱があがった。砲声がやむと、四郎島の砲台からの発射がはじまり、さらに小島の近くにならんだ砲船二十五艘も砲弾を海上に放ち、飛渡、崎雲、兜崎の砲台からも砲声がとどろいた。

それらの相つぐ砲撃に、川路らは身じろぎもせず船上に立っていた。

それより、砲弾の「的打《まとうち》」砲撃の準備に入った。香焼島の西にある岸台島に標的が立てられ、その北方十三町の位置にある四郎島砲台の百五十ポンド重砲二門と、小島砲台の八十ポンド砲二門によって砲撃がおこなわれることになった。

合図の旗がかかげられ、砲撃が開始された。発射は十二発におよび、硝煙がうすれると岸台島の標的が検索された。その結果、十発が命中していて、肥前藩士たちは予期以上の好結果を喜び、川路らは驚嘆の声をあげた。

すでに海面は、はなやかな西日をうけてかがやいていた。

川路らの乗る船は、港内に引返していった。

三

翌日と翌々日、川路は長崎にのこる荒尾や長崎奉行に暇乞《いとまご》いをしてまわり、さらに宿所に挨拶にきた通詞や奉行所役人たちとの応対にすごした。

一月十八日は、快晴であった。

行列がくまれ、川路は駕籠に乗って新大工町の宿所をはなれた。道ばたには白梅が咲きのこり、散っているものもある。多くの者が見送りについてきて、一里半ほどの日見《ひみ》峠で川路は駕籠からおり、それらの者たちの別れの言葉をうけた。

そこから川路は、徒歩でゆっくりと道をたどった。日がかたむき、諫早に入った頃には夜の色がひろがり、提灯に灯が入れられた。その日の泊りは大村藩城下の大村であった。

彼杵、塚崎をへて、二十一日には佐賀泊りとなった。

肥前藩領に入ってから川路は、絹類の衣類を身につけている者を全く見かけず、藩主の倹約令が徹底しているのを知った。また、銅製の火鉢もほとんどなく陶器製のものばかりで、これは異国船にそなえる大砲鋳造の必要から領民に銅器の使用を禁ずる布達《ふたつ》が出されているからだという。長崎警備の砲台を眼にした川路は、肥前藩が総力をあげて海防に取りくんでいるのを感じた。

藩主斉正の西欧文明の熱心な導入によって入手した洋書は七百三十部にも達し、幕府の蕃書調所につぐ量と言われていた。それらの洋書の飜訳研究によって兵器の改良、充実に力をそそぎ、嘉永三年（一八五〇）十月には大銃製造方を創設し、各藩にさきがけて苦心の末、反射炉を完成した。前年に幕府は、江川英龍を工事総指揮者に品川沖の台場構築に着手したが、肥前藩での大砲鋳造の成果を知り、藩に対して三十六ポンド砲、二十四ポンド砲各二十五門を発注した。これをうけた藩では反射炉四基とその附属施設を新設し、十月から大砲鋳造をはじめていた。

肥前藩は日本最大の兵器製造地になっていて、川路は、その施設を見るため翌日は佐賀に逗留《とうりゅう》したい、と藩につたえた。藩主斉正は快諾し、川路は、翌二十二日、供揃《ともぞろ》えで六ツ半（午前七時）に宿所を出立し、幕府の発注した大砲を鋳造している鋳立所《いたてしょ》におもむいた。頭領の家老鍋島志摩、鍋島安房が門の所で藩士多数とともに出迎え、会所の庭には斉正が待っていた。

斉正は、川路ら一行を会所に案内し、茶菓を出して大砲鋳造その他兵器の製作状況について説明した。

それより、斉正が先に立って鋳立所に入った。反射炉はまだ九分どおりの出来であったが、規模は大きく、川をせきとめた水を四十間ほどの樋《とい》でひいて滝のように落し、そこに水車がとりつけてある。その水力によって大砲の砲口をうがち、砲身を切断する仕掛けになっていた。

ついで操業している鋳立所へまわり、そこでは反射炉が今日の九ツ（午前零時）から四ツ半（午前十一時）までに一万二千貫の鉄をとかしたという説明をうけた。大がかりな設備に、川路らは感嘆しきりであった。

川路が旅宿にもどると、八ツ半（午後三時）頃、斉正が訪れてきて、夜四ツ（午後十時）すぎまで話し合った。

斉正は、川路に随行する箕作阮甫に、長崎の砲台と大砲鋳立所について遠慮ない意見を述べて欲しいともとめ、箕作はそれらが理想的であると答えて斉正を喜ばせた。

翌朝六ツ半（午前七時）に川路は佐賀を出立したが、出立前に随行の武田成章に佐賀に四、五日とどまることを命じた。武田は、大洲藩士として緒方洪庵の蘭学塾に、ついで佐久間象山の洋式兵学塾にまなび、ゆたかな才能を発揮して砲術、築城法、航海術に精通するまでになった。前年の嘉永六年、象山の推挙で幕府に登用され、随員として川路に同行していた。川路は、武田に肥前藩の大砲鋳立所の反射炉その他附属設備の構造等を詳細に調査し、記録することを命じたのである。

その日は神崎で休息し、田代で宿をとった。

その地には、川路の生地である日田から叔父の高橋古助をはじめ日田の代官池田岩之丞、八幡神社の神主や庄屋ら多数がきていて出迎えた。その中に儒学者の広瀬淡窓《たんそう》が嗣子孝之助と孫をともなってきていた。

淡窓は日田の商家の子としてうまれたが、学問を志して家督を弟にゆずり、深く儒学をきわめ私塾咸宜園《かんぎえん》をおこした。身分の上下なく入門をゆるし、育英の業にたずさわり、門人は三千人にもおよんだ。病弱であったことから故郷を遠く旅することはなかったが、その名声は天下にとどろき、かれのもとには帆足万里《ほあしばんり》、頼山陽、梁川星巌《やながわせいがん》、田能村竹田《たのむらちくでん》らが訪れたり、書簡を寄せたりした。

川路は、大儒者がきたことに恐縮し、丁重に遇して、淡窓の息子と孫に麻裃《かみしも》ひと揃えずつを贈った。さらに淡窓にはみずから縮緬の羽織を着せかけ、しばらくの間話し合った。

淡窓が帰ると、天下の儒学者がこの地にきていることに驚いた随行の宮崎復太郎と箕作阮甫が、淡窓の旅宿におもむき、懇談して夜おそくもどってきた。

翌朝六ツ半（午前七時）に出立となり、淡窓は息子と孫とともに旅宿の外で平伏し、駕籠に乗った川路を見送った。

一町ほど行くと、街道ぞいの田の中に多くの者たちが身を寄せ合って膝をついているのが見えた。川路は、駕籠の簾《すだれ》をあげた。それは日田の百姓たちで、駕籠が近づくと一斉に平伏した。川路は、胸が熱くなるのを感じ、遠ざかるかれらの姿を見つめていた。

山家宿で昼休みとなった。そこには、長崎からの帰りに会うことを約束していた筑前藩主黒田長溥が待っていて、長溥のいる茶屋へ案内された。藩の家老たちが玄関の外で平伏し、長溥は玄関の次の間で出迎えた。

道を急ぐ川路は落着かなかったが、長溥は、ゆっくりと物語りをして欲しい、と言って酒と料理を出した。

さらに、お慰《なぐさ》みに、と言っておびただしい刀を見せた。

柳生新陰流免許皆伝《かいでん》の剣術を身につけ、刀剣がことのほか好きな川路は、眼をかがやかせて刀を手にし、刀身を見つめた。正宗、行光《ゆきみつ》、神息等の名刀があり、川路はそれらの八割ほどの刀の刀匠名を言いあて、長溥を感嘆させた。

その中にきわめて若い刀が一本あり、川路は、愚眼にてしかとは鑑定できぬがと前置きして、名匠兼定のような秀《すぐ》れた刀匠の手になるものとお見受けした、と言った。その言葉をきいた長溥は大いに喜び、それは自分がかかえている刀匠が昨年打ったものので、川路の刀を見る眼のたしかさを賞讃し、その刀匠に刀二本を打たせ、後日、お贈りする、と言った。

時刻もすぎたので、川路は、道を急がねばならぬと長溥に言って辞去し、本陣に帰ると、あわただしく旅装に着がえて出立した。

かれは、上下三里の冷水峠を足をはやめて歩き、六ツ半（午後七時）すぎに内野へついた。

翌日、六ツ半（午前七時）に内野を出立した川路の行列は、長崎街道を東北方にすすんだ。前夜半から風が強く、夜が明けるとさらに激しくなり、身の凍るような寒さであった。

駕籠に乗っていた川路は、寒気で歯の根も合わず、体を動かした方が寒さをしのげるので、内野の宿場をはなれるとそうそうに駕籠からおりて歩いた。

飯塚の本陣に入って昼食をとり終えた頃から雪が降りはじめ、川路は激しい吹雪の街道をすすんだ。雪が笠に砂礫《されき》のように音を立ててあたり、眼もあけられず息もつけぬほどであった。行列は白くかすみ、川路をはじめ供の者は、顔を伏してわずかずつ歩をすすめる。合羽はまくれてはためき、紐が切れて笠を飛ばす者もいた。

夕刻、ようやく木屋瀬にたどりついたが、本陣の手水鉢《ちょうずばち》の水も凍っていて、宿場は氷雪におおわれていた。川路は、炭火に炭をくわえさせ、火鉢に身をかがめていた。

廊下で声がし、襖《ふすま》をあけて家臣の宮崎復太郎が部屋に入ってきて平伏すると、思いがけぬことを口にした。町役人からきいたことだが、江戸湾の浦賀に異国船が渡来したという説が宿場にながれているという。

川路は、宮崎の顔を見つめた。十七日前の一月八日、プチャーチンを乗せた三隻のロシア艦隊が、上海へゆくと称して長崎を出港していったが、川路らとの会談に不満をいだいたプチャーチンが、老中と直接談判をしようとして江戸湾にむかったのか、と思った。もしもそのようなことがあれば、川路ら応接掛の面目はつぶれ、プチャーチンの江戸行きをあらかじめ阻止できなかった責をきびしく問われることになる。それとも、プチャーチンは川路らに告げたとおり上海にむかい、他の異国の船が江戸湾に入ったということなのか。

川路は、いずれにしても容易ならざることなので、宮崎に詳細に調査するよう命じた。宮崎は、すぐに部屋を出ていった。

川路は落着かず、しきりに煙草をすいながら坐っていた。

しばらくすると廊下に足音が近づき、宮崎が座敷に入ってくると、次のような報告をした。

その日、柳川《やながわ》藩の急飛脚が木屋瀬宿を通過して長崎街道を南下していったが、飛脚の話によると、たずさえている書状には、浦賀に五隻の異国船が来航し、うち一隻の蒸気船が浦賀沖の猿島の近くに碇泊したことが記されているという。柳川藩は、前年にアメリカ艦隊が江戸湾に進入した折に江戸の警備についたこともあって、異国船来航を江戸藩邸から柳川に急飛脚を立てたのだ。

猿島には江戸湾防備の砲台が設置されているが、その近くに一隻が碇泊したという話に、川路は、五隻の異国船がペリーのひきいるアメリカ艦隊である確率が高い、と思った。前年に来航したアメリカ艦隊は湾内の防備態勢が貧弱であるのを確認したはずで、猿島の砲台など恐れていないことを日本側にしめすため、意識して島の前面に投錨《とうびょう》させたものと考えられた。

ペリーは、前年の六月に、来年の五月か六月に再び来航すると予告して、江戸湾を退去した。それにそなえて、幕府は品川沖に台場の構築を推しすすめているが、むろん工事は半ばにも達していない。ペリーが、予告に反して四、五ヵ月もはやく来航したのはなぜなのか。初来航の折に、ペリーは武力を誇示して強圧的な態度をとったが、威嚇すれば幕府は要求のすべてをのむと判断し、時期を大幅にはやめて再来したのかも知れない。

当然、幕府は狼狽し、その応待に混乱をきわめているはずであった。

川路は、中村為弥を呼ぶように宮崎に命じ、間もなく廊下に足音がして、中村が部屋に入ってきた。

川路は、宮崎がきいた柳川藩の飛脚の話をし、アメリカ艦隊の公算が大であることを口にした。中村の表情もかたく、川路の推測に同調した。

川路はふとんに身を入れたが、ペリーとの応接がどのようになっているか気がかりで、眠りにつくことができなかった。

翌日も吹雪で、寒気は前日よりもさらにきびしく、六ツ半（午前七時）すぎに川路は、駕籠に乗らず出立した。行列の動きは遅々としていて、川路は、かじかんだ両手を袂に入れて積った雪をふんでいった。荷を背負う人足や駕籠をかつぐ者たちはおくれ、長い行列になった。

夕刻近く、小倉の城下町の入口にたどりつくと、雪の降りしきる中で藩の家老たちが迎えに出ていて、本陣に案内した。

部屋に入って旅装をといた川路は、すぐに家老をまねき、江戸湾に入ったという異国船のことについてたずねた。が、家老は首をかしげ、そのような話は耳にしていない、と答えた。

川路一行は翌朝はやく海峡をわたる予定であったが、激しい風雪に出船する船が一艘もなく、翌日の渡海があやぶまれた。しかし、夜のうちに風はおさまり雪もやんで、翌朝は朝の陽光がひろがり、船を出すことができるという連絡が入った。

あわただしく渡海の準備がおこなわれ、川路は朝四ツ（午前十時）に駕籠に乗って船着き場におもむき、小倉藩の艀から福岡藩の藩船「千里丸」に移乗した。風は無風に近くなっていたが、波はうねっていて船のゆれは大きく、船酔いする者が多かった。が、川路は船の上に立って海上や陸岸に眼をむけ、九ツ（正午）すぎに赤間関の船着き場に上陸した。

その地を支配する長府藩の毛利家に、川路は家臣をつかわして異国船のことについてたずねさせた。毛利家では、そのような風評が流れていろいろと取り沙汰されてはいるが、江戸からはなんの報せもないという。川路は、これほど時期をはやめてアメリカ艦隊が姿をあらわすはずはなく、誤伝にすぎないのかも知れぬ、と思った。

赤間関は海に面しているためか、寒気はうすらいでいた。それでも積った雪は氷化していて、本陣の甕《かめ》の水も凍っていた。

翌朝、長府藩の警護の者にまもられて赤間関を出立したが、途中までくると、長府藩の藩士が馬を走らせて行列を追ってきて、一つの情報をもたらした。それによると、長府藩では、急使の役目を負った若い武士が番所の前を急いで通りすぎるのを押しとどめ、身分と旅の目的についてただした。武士は薩摩藩士で、一月十四日に浦賀へ異国船四艘が来航したことを鹿児島につたえるため急いでいるのだという。

長府藩では、さらにそれについて執拗にたずねてみたが、薩摩藩の者はそれ以外は知らぬと答えた。

川路は、長府藩士の報告でやはり異国船が来航したことは事実らしい、と思った。

その日は舟木、翌日は宮市《みやいち》に泊りをかさね、二月四日に西条四日市に止宿した。途中、町飛脚の姿を見るたびに異国船のことについて報せるものかと問いただささせたが、そうではなく、西条四日市でもそれについての風聞を耳にすることはなかった。

奴田本郷《ぬたほんごう》をへて、翌々日は九ツ半（午後一時）に尾道に入り、そこで宿をとった。

途中、三原から尾道までは海で、随員や家臣たちは、絶景だ、としきりに感嘆の声をあげていたが、川路は、異国船来航の風聞が気がかりで、景色をめでる気持にはなれなかった。

尾道の本陣に入って間もなく雨になり、川路は、軒《のき》を打つ雨の音をききながら就寝した。

夜八ツ（午前二時）頃、かれは、中村為弥の呼ぶ声で目をさました。江戸からの急用状が、今、飛脚によってとどけられたという。

急用状という言葉に、川路ははね起きた。寒気が体をつつみこんできたが、重ね着をすることもせず、用状を受け取った。川路は、中村が灯を明るくした行灯のかたわらに身を寄せると、用状の文字を眼であわただしく追った。そこには、一月十六日にアメリカの艦船七隻が浦賀へ渡来したので、至急江戸に帰るように、と記され、勘定奉行の名が連署されていた。

体に部屋の冷気がしみ入った。前年の初来航よりも三隻多い艦船をひきいて予告よりもはやく再来したペリーの意図は、あくまでも武力を誇示することによって早急に目的をはたそうとしているものと考えられた。ペリーは、前回よりも一層威嚇の姿勢をしめし、強引に条約締結を幕府にせまるにちがいなかった。

老中首座阿部正弘をはじめ閣老たちは、その対応に苦慮し、日夜、評議をかさねているはずであった。議論は百出し、常に対外政策に的確な判断をしめす川路にも意見をもとめようと望んでいることはあきらかだった。

「何事ですか」

川路の尋常でない表情に、中村がのぞきこむような眼をして言った。

中村に顔をむけた川路は、用状の内容を話し、予定をはやめて七ツ半（午前五時）に出立するよう手配することを命じた。平伏した中村は、あわただしく部屋を出ていった。

ふとんに身を入れた川路は、行灯の灯がゆらぐ天井を見つめていた。江戸湾を圧したアメリカの大型艦船の姿と静まりかえった江戸の家並が眼の前にうかんだ。江戸から遠くはなれているのがもどかしく、一日もはやく江戸にもどりたかった。遠くで鶏の鳴く声がきこえていた。

雨はやまず風も出て、川路は合羽を身につけ、七ツ半に駕籠に乗ることもせず本陣をはなれた。

川路の歩みに合わせて行列の動きははやく、昼食時には六里はなれた神辺《かんなべ》宿に入り、さらにすすんで阿部氏十万石の城下町を右にみて激しい風雨の中を七日市にさしかかった。

宿場の入口に町役人が迎えに出ていて、二日つづきの雨で川が氾濫《はんらん》し、橋が流失していることをつたえた。予想もしていなかったことに川路は顔をしかめ、七日市の宿場に入った。仮橋をかけさせるにしても川の流量が減少してからで、それまで宿場にとどまる以外にない。

中村は諦めきれず、本陣を出ていったが、しばらくしてもどってくると、隣村にある橋は落ちていず、それをわたってはどうか、と言った。ただし、橋は村人が使用している粗末な百姓渡しで、馬や荷物をわたすことはできないという。

協議の末、川路と随員ら身軽な者たちがその橋をわたって先を急ぎ、荷馬や長持などをかつぐ者たちは仮橋ができるまでこの地にとどまり、後を追うことになった。

ただちに出立することになり、川路らは宿場役人の案内で隣村に急いだ。

橋に近づいた川路たちは、立ちすくんだ。それは橋とは呼べぬ幅一尺ほどの板が対岸にのびているだけのもので、激しい濁流に今にも流れそうであった。

しかし、川路はわたることを決意し、まず迎えに出ていた村人が、体をはずませるようにわたるのにならって、橋板に足をのばした。足もとをはやい速度で濁水がうねりながら走り、かれはそれを眼にしないようにして橋板をふみ、ようやく対岸にたどりついた。つづいて随員たちも橋をわたり、全員が無事に岸にあがった。

相変らず風雨は激しく、川路らは川ぞいの道をたどって街道に出ると、足をはやめてすすみ、夕刻には三里先の矢掛宿に入って宿をとった。

翌日は雨もやんでいて、河辺、板倉をへて岡山についた。町奉行山内権左衛門が路傍で平伏してむかえ、川路の入った本陣に挨拶にきた。

川路は、アメリカ艦隊のことについてなにかきいているか、とただすと、山内は、浦賀沖に碇泊していた艦隊が神奈川宿のはずれにある横浜村沖に移動し、去る二月三日には北上して羽田村沖まで乗込んだという風聞を耳にしている、と答えた。羽田村沖からは江戸が一望でき、川路はアメリカ艦隊がそれほど江戸湾ふかく入ってきていることに愕然とした。

翌日は三ツ石に止宿し、翌十日は姫路に入って泊った。途中、飛脚がくるのを認めると、必ず呼びとめて異国船についての風聞をきいたが、得るものはなかった。

川路は、本陣に中村ら随員を呼び集め、アメリカ艦隊の再来航は日本にとって存亡にかかわる重大事で、幕吏として一身をささげて御奉公すべき時であり、それには一日もはやく江戸へ帰らねばならぬ、と説いた。中村たちも同意見で、川路は、翌日の出立は深夜の八ツ（午前二時）にすることを命じ、これよりは足が萎《な》えて倒れるまで歩きつづける、と言った。

中村たちはそうそうに部屋を出ていった。

川路一行は、八ツに姫路をはなれた。冴えた月が空にかかり、かれらは提灯を手に足をはやめて歩いた。寒気はきびしかったが、汗が湧き、顔は紅潮していた。

夜が明け、陽光にかがやく海ぞいの街道をすすみ、加古川、明石をへて夕刻には兵庫に入った。十六里の道を一気に歩いたのである。

本陣には、川路が奈良奉行時代に識った者たちが待っていた。かれらは二十里もはなれた奈良から四日前に兵庫にきて、川路がくるのを待っていたという。

中村らは、奈良の者たちが涙をながして川路との再会を喜ぶ姿を眼にして驚き、川路が奈良奉行時代、温かくかれらに接したのだ、と口にし合った。

翌日も深夜の八ツに兵庫を出て、急ぎに急いで西宮をへて九ツ半（午後一時）には大坂に到着した。

川路は、旅装をといて麻裃に着がえ、大坂町奉行石谷穆清《いしがやあつきよ》のもとにおもむき、石谷とともに大坂定番の米倉昌寿と田沼意尊《おきたか》を訪れ、渡来したアメリカ艦隊についての情報を得た。石谷らはロシア使節プチャーチンとの交渉経過について質問するなど話はつきず、川路は押しとどめられるのを振りきって辞去し、その他、挨拶すべき所をまわって六ツ（午後六時）すぎに旅宿に引返した。

旅宿にはおびただしい人たちが待っていた。それらは奈良奉行、大坂町奉行時代に識った者たちで、かれらはひしめき合って平伏し、口々に世話になった礼と壮健であることを祝す言葉を述べた。

川路は、驚いている中村為弥らに酒肴を用意するように命じ、広間で宴をひらいた。すでに奉行の職をとかれた川路は、大坂町奉行所与力八田五郎左衛門や奈良奉行所筆頭与力の羽田健左衛門をはじめ部下であった者たちに、席を立って一人のこらず酒をついでまわり、世話になった礼を述べた。かれらは、川路の態度に感激し、羽田などは、ただ言葉もなく涙をながして平伏しているだけであった。

伏見まで夜の舟便にたよることになっていて、四ツ半（午後十一時）すぎに旅宿を出て乗船した。船は大きく、櫓扱いで淀川を上流にむかう。月は冴え、川面はかがやいていた。枚方《ひらかた》で夜が明け、船はゆっくりとすすんだ。空に雲がひろがり、やがて雪が降りはじめた。伏見についたのは、八ツ半（午後三時）すぎであった。

川路たちは、草津まで行って泊るつもりでいたが、到底不可能であるのを知り、大津泊りに変更した。大津についたのは五ツ（午後八時）すぎであった。

この地に江戸へはやくもどるようにという勘定奉行連署の書状がとどいていて、それについて中村と打合わせをし、就寝したのは九ツ（午前零時）すぎであった。

わずかな睡眠をとっただけで、八ツ（午前二時）すぎには出立し、草津、石部をへて水口で昼食をとり、その日は十五里歩いて坂の下で投宿した。翌日は桑名、ついで岡崎、遠州舞坂、島田と宿をかさね、十九日には蒲原《かんばら》に止宿した。一日平均十数里の歩行で、随員や家臣の顔に疲労の色が濃く、旅案内をする道中師は、このような旅は絶えて聞いたこともない、と呆れていた。

翌日も八ツの出立で、十三里余の道をすすみ、山道をのぼって七ツ半（午後五時）には箱根の宿場についた。その旅の間に、アメリカ艦隊についての情報をつぎつぎに得ていた。江戸湾にさらに一隻のアメリカ艦が入って八隻となり、二月十日にはペリーが日本側の応接掛林復斎《ふくさい》、井戸《いど》覚弘《さとひろ》らと横浜村の応接所で会談をおこなったという。

また、後続の筒井政憲にも江戸から急用状が飛脚によってとどけられ、一日もはやく江戸へもどろうとして道を急いでいるが、老齢の筒井は駕籠に乗っているので、川路一行よりも二日おくれて旅をしていることも知った。

翌二十一日も八ツに箱根宿を出立の予定であったが、箱根の関所は六ツ（午前六時）まで閉ざされているので、六ツ半（午前七時）に旅宿を出て関所をぬけると、山道をくだった。小田原をへて大磯で昼食をとり、平塚、藤沢をへて五ツ半（午後九時）には戸塚に入り、投宿した。

中村は、旅の途中、止宿する宿場から川路一行の動きを江戸の勘定奉行あてに書状でつたえていたので、戸塚宿には江戸から幕吏がきて待っていた。

川路は、かれらからアメリカ艦隊の動向と、ペリーとの会談経過について詳細な報告を受けた。会談は、前年の六月にペリーが幕府にわたした大統領親書《しんしょ》を中心におこなわれた。親書には三つの要求が記されていた。

一、日本近海で漁をするアメリカの捕鯨船《ほげいせん》と中国へ航海するアメリカ商船が荒天《こうてん》で難破《なんぱ》した時、船員を救出し財物を保護すること。

二、アメリカ蒸気船に石炭、食糧、水を補給するのに適した港を開放すること。

三、日本との通商をおこなうこと。

二月十日の横浜村での会談では、第一と第二の要求を日本側の応接掛は受けいれたが、第三の通商問題については、国法によってかたく禁じられていることを説明し、拒否したという。

二回目の会談は十九日におこなわれ、開港問題で激しい応酬がかわされた。ペリーは横浜をふくむ数ヵ所の港をひらくことをもとめ、日本側は長崎一港を主張した。これに対してペリーは、長崎は位置が悪いと言って拒否し、日本の東南部に五、六ヵ所、北部に二、三ヵ所の港の開放をせまった。

その強硬な態度に、日本側は下田の開港をほのめかし、会談を終った。次の会談は、二十六日に予定されているという。

川路は、無言でその報告をきいていた。

長崎のみならず下田の開港をほのめかしたことに、かれは粛然とした思いであった。鎖国政策によって、幕府は、オランダ、中国にかぎって長崎への出入港を許し、それは開府以来、国法としてかたくまもられてきた。が、それを自らやぶって、アメリカに開港を容認することをつたえたという。

その回答をするまでに、幕府内では激論がくり返しかわされたはずで、それだけアメリカの武力に脅威を感じ、国の存亡にかかわる危機感をいだいたのだろう。最も恐るべきことは、アメリカに開港をゆるしたことによって他の列強がつづいて同じ要求をしてくることであった。それは堅固な堰《せき》がくずれるように、他の異国に対しても許可しなければならず、鎖国政策は崩壊する。

同席している中村も口をつぐみ、顔は青ざめていた。

川路は、この宿場で夜をすごす気にはなれなかった。江戸へは十里半で、一刻も早く江戸に入り、幕閣の協議に参加したかった。

時刻は九ツ半（午前一時）近くになっていたが、川路は、中村に、

「即刻、出立する」

と告げ、立ち上った。

中村は部屋を出てゆき、旅宿はにわかに騒然として人声が飛びかい、廊下をあわただしく走る音もきこえた。

旅装をととのえた川路が本陣の外に出ると、提灯を手にした中村をはじめ供の者たちが待っていた。

川路は歩き出し、供の者がそれにしたがった。川路の足取りははやく、供の者たちは、息をあえがせて追ってゆく。足をひきずっている者も多く、それらの者たちはおくれた。

程ケ谷《ほどがや》をへて神奈川宿に近づいた頃、空が青みをおび、夜が明けはじめた。

宿場に入り、家並が切れた所までくると、川路は足をとめた。従っていた者の間から、大きく息を吐くような驚きの声があがった。朝の陽光をあびた江戸湾が前面に遠くまでひろがり、三十町ほどの沖に七隻の黒船がみえる。

川路は小走りに海岸にゆき、家臣に、

「遠眼鏡を……」

と命じ、それを手にして眼に押しあてた。

帆走船は、ロシア艦の方が大きいようだったが、黒い煙突の立つ蒸気艦は、ロシア艦よりも大船であった。いずれも帆柱は三本で、蒸気艦の舷側にとりつけられている水車は巨大で鉄張りであった。長崎で四隻のロシア艦を見なれていた川路も、七隻のアメリカ艦隊の姿に威圧されるものを感じた。

遠眼鏡を岸にむけると、所々に幕をはりめぐらした諸藩の陣所が見え、その近くに旗印を立てたおびただしい軍船がうかんでいる。海上にも、大小の軍船が見えた。

川路は海岸をはなれると、街道を足をはやめて歩き出した。

生麦《なまむぎ》、鶴見をへて川崎宿に入って食事をし、あわただしく出立した。六郷《ろくごう》川を舟でわたり、品川宿をすぎた。途中、各藩の陣所があって、鉄砲を肩にした兵が列をつくって往きかい、米俵《こめだわら》を背にくくりつけた駄馬や武器を積んだ大八車がすぎる。品川沖の新台場の前には、多くの軍船が帆柱をつらねてうかんでいた。

高輪《たかなわ》までくると、その月の御用番である勘定奉行松平近直《ちかなお》の使者がきて急用状をわたした。書状には、御用番の勘定奉行に帰着の届書を出すことなく、ただちに登城するように、と記されていた。

家臣が早駕籠数挺を用意し、川路は、中村らとともに乗った。駕籠の列ははやい速度ですすみ、川路は、八ツ（午後二時）前に江戸城に入った。

川路は、老中首座阿部正弘をはじめ老中たちに挨拶し、プチャーチンとの交渉結果を報告し、アメリカ艦隊に対する評議にくわわった。

再来航したペリーとの応接掛は、林復斎、井戸覚弘、鵜殿長鋭《うどのながとし》、松崎満太郎で、浦賀奉行伊沢政義も立合っていた。

二月十日、横浜村の応接所で第一回の会議がおこなわれた。

ペリーの要求する第一の捕鯨船員に対する食糧、薪、飲料水の補給と難破船員の生命、財産の保護、第二の蒸気船への石炭補給、修理等を可能とする港の開放について、応接掛は、第一の要求を受け入れ、第二の要求については、港をどこにするかで激しい応酬があった。

第三の要求である通商問題は、鎖国政策の基本であるので、応接掛はかたく拒絶し、ペリーが強硬に要求するかと思ったが、意外にもペリーは、その要求を撤回してもよいと発言したという。

閣老たちの評議は、開港問題に集中していた。

ペリーは横浜をふくむ数港の開放を強要し、応接掛は長崎一港を主張し、下田を開港することもほのめかした。

川路は、無言で評議の座に坐っていた。応接掛は、長崎以外の地の開港要求を拒絶すれば、ペリーは戦闘行動をおこすことは確実だ、とうったえ、閣老たちの顔には沈痛の色が濃く、言葉も少かった。日本に大船、大砲のそなえがとぼしく、ひたすら屈従の態度に出なければならぬことが残念でならぬ、と言う者もいた。

結局、その日の評議では、日本の東南部の下田と北部の箱館の開港をアメリカ側に回答することに決定した。

夕刻になり、川路は退出した。

江戸城の下乗所《げじょうしょ》には、川路家の用人たちが駕籠とともに待っていて、川路が玄関の方から姿を見せると、一斉に頭をさげ、口々に旅から無事にもどった祝いの言葉を述べた。

川路はそれにこたえ、駕籠の中に身を入れた。

旅に出立した時は、虎ノ門にある公邸を駕籠で出たが、駕籠は城門を出ると小石川御門前にある邸にむかった。虎ノ門の公邸は、公事方勘定奉行の住むもので、勝手方になった川路は、そこから出る必要があった。かれは飯田町の私宅を公邸にすれば十分だ、と老中に願い出ていたが、かれが長崎に出発した後、勘定奉行の体面上、大きな邸に住まわせるべきだとして、五年前に死亡した新見伊賀守正路《しんみいがのかみまさみち》の千坪余の邸を川路にあたえたのである。

長崎に旅をしている間にそれを知った川路は、弟の井上新右衛門清直にその邸で公務をとることができるよう改築を依頼する手紙を送った。執務部屋、白洲《しらす》と称する訟庭《しょうてい》、書院、協議をする内坐用《うちざよう》部屋などをもうける必要があり、清直にあくまでも最低の費用でそれらを新設するよう指示し、ことに居室や家族の起居する場所はきわめて質素にすることを命じた。清直は、その指示にしたがって川路家出入りの大工に依頼し、長崎に滞在中の川路に、改築がすべて成ったと報せたのである。

清直は八歳下の弟で、川路が内藤家から川路家の養子になった後、幕府持弓組与力井上新右衛門の養子となり、養父の没後、家をついだ。学問、武術の修業につとめ、十七歳で幕府評定所の筆生《ひっせい》となり、その才質をみとめられて勘定所留役助、寺社奉行付調役をへて嘉永五年に勘定組頭の役職についていた。川路は、謹厳な清直を信頼し、留守中のことをすべて委任していたのである。

夕闇が濃くなって、用人たちは手にした提灯に灯を入れ、神田上水ぞいの道をすすんだ。新見伊賀守とは親交があってその邸にきたこともあり、駕籠の簾をあげた川路は、邸に近づいたことを知った。

邸の玄関には、清直が出迎えていて、居室に入って着がえをした川路は、清直に母の容態をたずね、廊下をすすみ、母の部屋に入った。

母は、昨年の秋、突然意識を失って倒れ、すぐに医師を呼んで応急手当をうけた。医師の診断は脳溢血で、幸い命はとりとめたが、言語障害と手足の麻痺《まひ》がのこった。川路は、長崎へおもむく折も七十五歳の高齢である母のことが気がかりで、旅中も長崎滞在中も自宅に病状を問う手紙をひんぱんに出した。妻や清直からは病状が好転しているという返事がきていたが、大役を負った川路を心配させまいとする配慮とも思われ、一刻も早く母の姿を眼にしたかったのである。

部屋に敷かれたふとんの上に、母は坐っていた。川路は、平伏し、旅からもどった挨拶をした。

母は、言葉を発しなかったが、口もとをゆるめて何度もうなずき、眼に涙をうかべていた。旅に出る時は寝たきりであった母が、半身を起し、しかも血色がよくなっていることに、川路は、妻や清直の手紙が事実であったことを知った。

清直が、水戸前藩主徳川斉昭が川路の母を見舞う書状をしばしば寄せ、側近の戸田銀次郎に書状とともに鮟鱇《あんこう》をとどけさせたこともある、と言った。川路は、斉昭の温情に眼をうるませた。

かれは、母が快方にむかっている喜びを口にし、再び平伏すると部屋を出た。ついで、養父母のいる部屋におもむき、帰着の挨拶をした。

風呂がたかれていて、かれは妻にみちびかれて湯殿《ゆどの》に行った。入浴をすることは好まず、妻にすすめられて六日に一度の割で湯浴みをする程度だが、さすがに旅の疲れを湯にひたって癒《い》やしたかった。

湯につかったかれは、ペリーとのこれからの交渉に身のひきしまるのを感じながらも、長崎でのロシア使節との応接の大役を一応はたしたことと、実母の病状が好転したことに深い安堵の息をついた。

湯舟から出て体をあらい、小鉢にもられた塩をつかんで睾丸《こうがん》を丁寧《ていねい》に揉《も》みあらいした。精力の衰えをふせぐのに卓効があるときいてから、常に欠かさぬ習慣であった。

家の中には、明るい人声がしている。ささやかながら祝宴の仕度をしているらしく、廊下をあわただしく往き来する足音もしていた。

湯殿から出た川路は、広い座敷に行った。膳がならべられていて、長女くに、次女のぶ、次男種倫《たねとも》、孫の太郎、敬次郎、それに川路の弟である内藤家をつぐ幕府評定所番の幸三郎が坐っている。

川路が席につくと、廊下に足音が近づいて、妻の佐登と清直に付きそわれた養父母が部屋に入ってきて、川路にうながされ上座に腰をおろした。家臣たちも姿を見せ、それぞれの席についた。

川路は、あらためて手をついて養父母に帰着の挨拶をし、ついで清直が川路に無事帰着の祝辞を述べ、一同平伏した。

プチャーチンとの会談を終えた直後をのぞいて長崎滞在中は禁酒し、家臣たちにもそれをまもらせ、旅中、通過する地の大名の饗応を受けてもつとめて酒を飲まぬようにしていたが、かれは禁をといて杯を手にした。川路が酒を飲みはじめたので、家臣たちは飲酒をゆるされたことを知り、たがいに酒を酌み合い、座はにぎわった。快い酔いをおぼえながら、川路は家族たちの顔をながめた。

養父の川路三左衛門は、柔和な表情をして杯の酒を少しずつ飲んでいる。七十六歳で丁髷《まげ》は細く白いが、これといった持病はなく、養母と寄りそうように坐っている。養母のかたわらに付きそっている妻の佐登は、川路より二歳下の五十二歳だが、髪に白いものは見られず、色白の肌は張りがあって、鼻筋のとおった顔が美しい。

かれは、あらためて得がたい女を妻としているのを感じるとともに、過去の苦々しい結婚生活を思いうかべた。

最初の妻と結婚したのは、文政二年（一八一九）、川路が十九歳の時で、実父内藤吉兵衛のすすめにしたがって幕臣西丸書院与力桑原権蔵の娘エツを妻とした。川路は評定所書物方当分出役として手当五両を受けていて、貧しいながらも仲むつまじく日々をすごした。しかし、エツは二年後に病死し、実父吉兵衛もそれを追うようにこの世を去った。

エツの死んだ翌年、評定所留役市川丈助の娘やすと再婚した。

翌文政六年には、役職も勘定評定所留役に昇進して生活にもゆとりが生じ、現在の私宅である小石川舟河原橋の近くにある百六十坪の屋敷を入手した。やすは、長男彰常、長女くに、次女のぶをつぎつぎに産み、姑である養母にもことのほか気に入られ、おだやかな生活がつづいた。川路の役職はすすみ、寺社奉行吟味物調役をへて天保二年、三十一歳で勘定組頭役となり、役料三十人扶持《ぶち》を得て用人、中間《ちゅうげん》等をやとう身となった。

その頃から、やすの態度に変化が起きた。男まさりの強い気性で、そのため家事一切を手際よく取りしきっていたが、川路の公務を補佐する用人たちの言動にきびしい眼をむけ、用件をもって訪れてくる川路の部下に指示をあたえたりするようにもなった。

川路はやすを強くたしなめたが、態度をあらためず、かれはしばしば言葉を荒らげ、家の空気は険悪なものになった。やがて、かれはやすと口をきくこともなくなり、家庭での安らぎを得られないこともあって幕臣土岐朝昌《ときともまさ》の家来の娘と情をかわし、女は種倫を産み、川路は種倫を引取った。やすの言動はさらに荒々しくなり、用人や中間たちを叱責《しっせき》することが多く、そのため辞任する者もいた。

耐えに耐えていた川路は、やすがかれに無断で用人を罷免《ひめん》したことで、公務にも重大な支障になると考え、離縁した。四人の子供がいるのに離別するのは辛かったが、やすに対する悪評がひろまっていて、幕吏としてこれ以上やすを家にとどめることはできなかったのである。

実母は病弱で、家の取りしきりが養母の背にのしかかることになった。公務はさらに多忙をきわめ、その年の八月には出石藩の御家騒動の事件の審理に奔走し、その処理がきわめて適切であったことで高い評価をうけ、老中首座大久保忠真の知遇を得た。その結果、大久保の推挙で十一月に勘定吟味役に抜擢され、布衣ともなった。

用人、中間の数がふえ、養母一人では家をささえることができなくなり、妻を迎えることになった。

やすとの生活に懲《こ》りていた川路は、温和な性格の女を、と望み、世話する人があって幕臣持弓組高橋兵左衛門の娘かねと結婚した。かねは、おだやかな性格で、川路は安堵した。が、日を追うにつれてそれがかねの最大の欠点であることも知るようになった。声をかけても短い言葉で答えるだけで、口数はきわめて少い。部屋に身じろぎもせず坐って庭をながめていることが多い。食事時になっても、台所に行って雇い女に指図するようなことは一切せず、まして養父母や子供の世話をすることもしない。川路が帰宅しても、衣類の仕末は養母がし、かねは静かにそれを見まもっているだけであった。

かねは、主婦としての勤めはせず、相変らず家事は養母が取りしきっていた。川路は、余儀なくかねを離縁することにきめた。おだやかな性格ではあるが、それが度がすぎていて、公務にはげむ自分には不適であると判断したのである。

かれは、かねを離縁することを哀れに思い、こしらえてやった衣類をはじめ身の廻りの物をすべてあたえ、さらにかねが再婚する折の仕度金という意をふくめてまとまった金をわたして実家に帰した。

かれは、結婚生活に失望した。最初の妻には死別し、その後、妻にした二人の女と離別せざるを得なかったことに、自分には夫として本質的に欠落したものがあるのか、とさえ思った。勘定吟味役の仕事は激務で家に人の出入りが多く、養母は、あわただしく家の中を動きまわっていた。

翌々年の天保九年（一八三八）、養母は、過労が原因で労咳《ろうがい》（肺結核）にかかり、病床に臥《ふ》した。

それまで川路家の窮状を気づかっていた勘定組頭都筑《つづき》金三郎が、見るに見かねて川路に妻帯をすすめた。相手は、大工頭大越孫兵衛の次女佐登で、広島藩主浅野斉粛《なりたか》の生母梅梢院《ばいしょういん》に老女琴井《ことい》としてつかえ、性格は申し分なく、教養もあるという。度かさなる結婚の失敗で、川路は逡巡したが、養母が倒れたことを考え、都筑のすすめに応じ、佐登を妻とすることを届出て三月二十六日に許された。たまたま三月十日に江戸城西丸が焼失し、川路は、西丸普請御用に任ぜられ、それに要する用材伐採《ばっさい》の監督として木曾出張を命じられた。

四月十九日に川路はあわただしく佐登と祝言《しゅうげん》をし、三日後に木曾へ出立し、七月十一日に江戸にもどった。

ひそかに佐登に不安をいだいていたが、共に暮すようになって、不安は氷解した。佐登は、実母と養父母によくつかえ、子供たちの面倒もみる。調理、裁縫が巧みで、用人をはじめ雇い女にいたるまで温く接し、家の中には常に明るい空気がただよっていた。また、文筆にもたけていて和歌を良くし、用人たちの尊敬を得ていた。

さらに川路は、美しい佐登に女として強く魅せられるものを感じていた。共に食事をするのが楽しく、夜は羞《は》じらう佐登の体を激しく抱いた。

川路は、倹約を旨とし、寝具、通常の衣服は綿布を使用させ、食事も粗末なものにするよう命じていたが、佐登はそれを遵守《じゅんしゅ》し、決して着飾るようなことはしなかった。

かれは、ようやく家庭人としての幸せを感じ、佐登に深い愛情をいだいていたが、愛妻家であることは奈良奉行時代の一挿話で用人たちにも知れていた。

弘化四年十二月中旬、かれは奈良奉行として一事件の裁きをした。一人の女が夫以外の男と関係をもち、そのもつれで夫を殺害し、捕えられた。川路は、そのような色恋沙汰で事件をおこした女はさぞ美しいだろうと想像していたが、白洲にすえられていた女は、稀《まれ》なほどの醜女であった。

かれは、このような女でも情欲のもつれで一人の男を死に追いやったことに驚き、美貌の佐登を妻としている自分の幸せをあらためて強く感じた。

裁きを終えたかれは、居室にいる佐登の前にゆくと平伏し、ありがたや、ありがたやと何度も頭をさげた。佐登は大いに驚き、精神錯乱をおこしたかと不安になってただすと、かれは醜女のおかした事件を口にし、美しい佐登を妻にしていることがもったいない、と、さらに頭をさげつづけた。その姿に、佐登をはじめ居合わせた用人たちは、息をつまらせて笑った。

長崎に発足して以来、かれは佐登に何度も手紙を出し、佐登からもそのたびに返事が送られてきた。かれは、何度も美しい文字でつづられた返書を読みかえし、一日も早く江戸に帰りたいと愛情をあらわにした手紙も送ったりした。

四ヵ月ぶりに見る佐登は美しく、かれは胸の動悸《どうき》がたかまるのを感じていた。かれの視線は、食事をしている十一歳の太郎にもむけられた。

かれが奈良奉行に赴任していた弘化三年九月、江戸で長男彰常が病死した報を受け、かれはその死を深く嘆き悲しんだ。彰常は、勘定吟味役根本善左衛門の次女しげを妻としていて、三歳の太郎をのこして死亡したが、しげは、彰常の死後二ヵ月余で次男敬次郎を産んだ。

川路は、悲しみの中にも、太郎と敬次郎を川路家に引取ることを根本家につたえた。さらに若いしげを寡婦《かふ》のままごさせることを哀れに思い、根本と書簡を交《かわ》して、彰常の死んだ翌々年の四月にしげを自分の養女にし、幕臣野田源太夫と再婚させた。

遺児となった二人の孫のうち、太郎は彰常の面影をよくのこし、頭脳も性格も彰常に比して劣らぬものがあり、川路は太郎を継嗣《けいし》とし、その養育につとめていた。

席には、三年前に幕臣高山隼之助《はやとのすけ》に嫁した長女くにが、夫とともにならんで坐っていた。

川路は、酒をふくみながら、めぐまれた家庭をもっていることに満ち足りた安らぎをおぼえていた。


翌二月二十三日、川路は、駕籠に乗って例刻の朝五ツ（八時）に登城した。

二十六日にペリーと日本側応接掛の林復斎、井戸覚弘、鵜殿長鋭、松崎満太郎が、横浜村応接所での第三回会談をひかえ、城中には緊迫した空気がはりつめていた。

川路は、老中首座の阿部に会い、ペリーとの交渉経過をつぶさにきき、その席で、思いがけぬことを耳にした。二月十九日の第二回会談で、数港の港の開放を要求したペリーに、井戸が下田港と口をすべらせたことを知った海防参与徳川斉昭は憤り、昨日、阿部に井戸を罷免し、その代りに帰着したばかりの川路を応接掛に任命すべきだ、とすすめたという。

阿部は、

「もっともだと思いはしたが、井戸を罷免すれば、アメリカ使節に日本側が動揺しているとみられ、今後の折衝に好ましくない結果をあたえるので、御勘弁いただいた」

と、かすかに笑みをうかべて言った。

川路は、阿部の判断が正しいと思うと同時に、斉昭の自分に対する期待が大きいことも感じた。

また、長崎でプチャーチンとの会談で通訳をつとめた森山栄之助が、ペリーとの交渉に通訳の任についていることも知った。森山は、ロシア艦隊が長崎を去った後、再航が予定されているアメリカ艦との応接の通訳をつとめるため、長崎を出立して二月四日に江戸につき、翌日、浦賀詰となっているという。さらにかれが、群をぬいた語学の才能とロシア使節等の応接の業績をみとめられて、小通詞から大通詞に昇格したこともきいた。

川路は、阿部のもとを退出し、城中でアメリカ艦隊が再来航して以来、ペリーと日本側応接掛との間にかわされた応酬内容について知ることにつとめた。

幕府は、アメリカ側の要求をいれて下田と箱館二港の開港を回答すると決定していて、川路は、それが、今後、再来航するであろうロシア使節プチャーチンとの会談に重大な影響があるのを感じた。

プチャーチンは、長崎以外に江戸に近い一港と箱館の二港の開放をもとめ、川路は、筒井とともにそれらを論外としてきびしく拒絶した。それなのに、アメリカに二港の開放を許容し、それでは均衡《きんこう》がくずれる。

　かれは、筒井が自分につづいて江戸についたことを知り、翌日、登城してきた筒井と会い、アメリカとロシアに対する開港問題について話し合った。その結果、二人の連名で阿部正弘に上申書を提出することに意見が一致し、川路が筆をとり、それに筒井が意見をくわえ、上申書をまとめた。

　翌二十五日、川路は筒井とともに阿部のもとにおもむき、上申書を差出した。内容は、アメリカに対するのと同様にロシアも扱うことが肝要である、ということに終始していた。長崎でのプチャーチンとの会談では、わが国は誠実な姿勢をまもりつづけることを強調し、プチャーチンもそれを十分に理解した。そのように信義による会談をしたのに、プチャーチンに対して拒否した開港をアメリカのみに許しては、プチャーチンを欺《あざむ》いたことになり憤りを買うだろう。

　それにつづく文章は特に朱書きにし、文化二年に通商をもとめて長崎に来航したロシア使節レザノフを冷い態度で扱ったことで、レザノフは激怒し、それが文化三、四年の樺太、エトロフ、利尻島へのロシア船の来襲となったことを記した。アメリカに認可した条件は、当然、ロシア側にも知れるはずで、必ず再来するプチャーチンにもそれを認可する心づもりを今からかためておくことが、わが国のために必要である、とむすばれていた。

この上申書を読んだ阿部は、「覚」の書面を筒井と川路にわたした。そこには、上申書の趣きは「尤《もつとも》の次第」で、「魯西亜船渡来之節ハ亜墨利加人へ御《お》差免之《さしゆるしの》廉々《かどかど》ハ速《すみやか》ニ彼国（ロシア）ニモ御許容」しなくては信義にもとる、と全面的に賛意をしめし、今後も両名をロシアとの応接掛に委任する、とむすばれていた。

川路は、即座に適切な回答をしてくれた阿部に、鋭い判断力と頭脳の冴えを感じた。

翌二十六日、林ら応接掛とペリーの第三回会談がおこなわれ、プチャーチンとの折衝を将来にひかえた川路は、筒井とともにその会談の結果を見まもった。

応接掛は、下田、箱館二港の開放をアメリカ側に回答し、会談は短時間で終了した。

ペリーは、軍艦を下田に派遣して良港であることを確認し、第四回目の会談をおこない、下田、箱館を開港場とすることを決定し、下田港に上陸した船の乗組員が自由に行動できる地域を七里四方ということで妥結した。これによって、三月三日、十二カ条にわたる条約書が日米和親条約として手交《しゆこう》された。

やがてアメリカ艦隊は、十七日から二十一日までの間に江戸湾から外洋へ去った。

川路は、今後プチャーチンと折衝する折に幕閣の意思を十分にたしかめておく必要があると考え、筒井と連名でしきりに上申書を提出した。懸案の国境問題についての私見を述べ、さらに長崎での折衝に功績のあった中村為弥と森山栄之助を随員にくわえるよう要請し、いずれも承認された。その間、品川の台場の構築に専念する江川英龍とひんぱんに連絡をとり、その工事の進行状態に関心を寄せ、三個所の砲台がほぼ完成し、大砲もすえつけられたことを知った。

五月三日、阿部正弘は、若年寄らとともに台場を巡視し、海防掛の川路も随行した。

翌四日、ロシア使節との応接掛として尽力したことに対する褒賞《ほうしょう》として、川路は筒井とともに金五枚、時服三をあたえられ、また四月十五日に長崎から江戸にもどってきていた荒尾成允にも金三枚、時服三、古賀謹一郎に金二枚、時服二が下賜《かし》された。そのほか、応接掛の補佐をつとめた長崎奉行の大沢秉哲、水野忠徳にそれぞれ金五枚、時服三、中村為弥に金三枚、菊地大助に金二枚、日下部官之丞に銀十五枚があたえられた。

プチャーチンと約束した樺太国境画定のための調査には、すでに目付の堀織部《おりべ》と勘定吟味役の村垣与三郎一行が北蝦夷巡視のため出立し、五月二十八日から六月二日に宗谷《そうや》につき、樺太へ渡海しようとしていた。そのことは、追々幕府にもつたえられ、川路もそれを承知していた。

その間に、川路は、ロシアがクリミア戦争でイギリス、フランス両国と敵対関係にあることをつかんでいた。

前年の七月中旬、ロシア艦隊が長崎に入港し、川路は筒井らとともに応接掛として長崎へむかったが、その旅の途中で、艦隊が十月二十三日に長崎を出帆したことを知った。川路はその動きを不審に思ったが、プチャーチンは、英仏両国との開戦も近いと判断し、上海におもむいて正確な情報を得ようとして長崎をはなれたのである。

川路は、英仏両国とロシアが戦闘状態に入ることは時間の問題である、と予想していた。

長崎奉行からは、オランダ商館長の話として、ロシア使節が近々日本に来航する気配が濃く、またイギリス、フランスの使節もくると推定される、とつたえてきていた。幕府がアメリカと和親条約をむすんだことを知った各国が、一斉に使節を送りこんでくるはずだ、というのだ。

それは幕府も当然予測し、六月十八日、阿部正弘は、筒井政憲、川路聖謨、岩瀬忠《ただ》震《なり》に対し、いずれの国の使節が渡来してても応接掛としてつとめるため、常に心構えをととのえておくように、と、書面をもって命じた。

川路は、いつでも遠い地へ即座に出発できるよう旅具をととのえた。

七月に入り、暑熱のきびしい日がつづいた。

十一日、歩行もできるようになっていた実母が突然倒れ、昏睡状態になって、その夜、息を引き取った。七十五歳であった。

川路は、弟の井上清直、内藤幸三郎とともに、父内藤吉兵衛の墓がある江戸谷中《やなか》の玉林寺の墓所に埋葬した。

一同、喪に服したが、登城する川路は、国際情勢が極度に緊迫しているのを感じていた。

残暑がきびしく、八月七日に長崎奉行から送られてきた和蘭風説書が川路のもとにも回覧されてきた。その風説書は、七月五日に長崎に入港したオランダ船に託されたオランダ政府からの情報を和訳したもので、例年になく詳細な内容であることから別段和蘭風説書とされていた。

その中で川路が特に注目したのは、クリミア戦争に関することであった。ロシアがトルコ領内に侵攻し、「此仕方ヲロシヤ甚無理之由」で、イギリス、フランス両国が

「此乱を治めんと骨折候得共、ヲロシヤ不㆓致承引《しょういんいたさず》㆒、右ニ付、エケレス国女王フランス国帝殊之外《ことのほか》立腹、右両国打合、トルコを救んと欲し」、ロシアに宣戦布告して戦闘状態に入ったという。

これまで、オランダ商館からそのような噂があることを聞いていた川路は、それが現実のものになったことを知った。

さらにその日、閏《うるう》七月十五日に長崎へイギリス艦四隻が入港したという報告が長崎奉行からあったことを知り、八月十三日には、英国の使節スターリングと長崎奉行水野忠徳との対話書を眼にすることができた。

スターリングの来航目的は、敵国となったロシアの艦船を攻撃し捕えることで、そのためにイギリスとその同盟国であるフランスの艦船が入港できる港を提供して欲しいという。

長崎には、目付永井岩之丞が江戸から派遣されていて、かれは幕閣がアメリカ使節ペリーに許容した開港を他国にも適用する意向であることを知っていたので、長崎とその他一港の開放をゆるす用意がある、と回答した。

ただし、その条件として、

一、戦闘行動の必要からと言うのでは、開港を許可しない。

二、貴国とロシアとの戦争は、わが国とは全く関係がない。貴国の戦争目的のために港をひらけば、ロシアを敵国とすることになり、その要求は断じてうけいれられない。

三、貴国の艦船が、ロシアの艦船と遭遇した際、日本の港内はもとより近海での交戦をゆるさない。

四、戦争目的以外で日本の港に貴国の艦船が入った折には、日本の国法をまもること。

と、回答した。

スターリングは、それを諒承し、約定書を提出した。

その後、会談をかさね、長崎、箱館二港の開放をゆるし、批准書《ひじゅんしょ》を交換したという。

幕府は、これを許容し、日英約定の締結をみとめた。

川路は、スターリングを使節とした四隻の艦の長崎入港に、イギリス海軍がロシア艦船をもとめて積極的に行動していることを知った。イギリスは世界最強の海軍国で、フランス海軍との協同作戦によってロシアの海上兵力を駆逐《くちく》しようとしていることはあきらかだった。

イギリスは、当然、ロシアがプチャーチンを使節に日本と交流の道をひらこうとつとめていることを察知していて、ロシア艦隊が日本におもむくと判断しているはずであった。むろん、プチャーチンもそれを予測し、はたして今後、危険をおかしてまで日本にやってくるかどうか、川路には推しはかりかねた。

秋の気配が濃くなった頃、九月二十二日に大坂城代の土浦藩主土屋寅直《とらなお》から老中に、紀伊水道から大坂湾に入る水路に面した加太浦《かだうら》沖を、九月十七日四ツ（午前十時）頃、異国の大船一艘が大坂方向にすすんでゆくのが望見されたという急報が入った。それとかさなり合うように大坂湾に面した諸藩から同様の報告があり、さらに京都所司代《しょしだい》から、十八日に摂津《せっつ》国御影《みかげ》村沖合にあらわれた異国船が、鳴尾村沖をへて、その日の八ツ（午後二時）すぎに大坂の安治《あじ》川の沖に乗入れ、碇を投げたとつたえてきた。

大坂は騒然となり、二十四日には紀州藩をはじめ各藩から警備の兵がぞくぞくと繰り出したという届出が、老中に提出された。

異国船はロシア船らしいという通報もあったが、翌二十五日、松前藩の江戸屋敷から、藩主松前崇広《たかひろ》の思いがけぬ内容の届書が老中あてにとどけられた。それによると、一ヵ月近く前の八月三十日に三千石《ごく》積ほどの異国船一隻が箱館港に入り、その船にはロシア国旗がかかげられ、「おろしや国」と平仮名でしるした幟《のぼり》も立てられているという。

その届書を眼にした川路は、使節プチャーチンの乗っている船だ、と思った。

松前藩からは、急飛脚で続報が相ついだ。

樺太の国境画定調査のため派遣されていた村垣与三郎は、役目を終えたので江戸への帰途についていたが、目付の堀織部は、そのまま箱館にとどまっていた。

九月五日、副官ポシェットが十一人の士官をともなって箱館に上陸し、堀織部をはじめとした諸役と浄玄寺で対面した。ポシェットは、船に使節プチャーチンが乗っていることを口にし、箱館奉行への書簡を提出した。それには幕府の高官と談判するため、これよりただちに大坂へむかうと記され、薪、水、食糧が不足しているので提供して欲しい、とあった。奉行所で薪等をあたえると、ロシア船は、七日朝六ツ（午前六時）すぎに帆をあげ、南西方向に去ったという。

松前藩からの届書によって、大坂安治川河口沖に碇泊した異国船が、プチャーチンの乗るロシア艦であることが判明した。

異国船の出現で、大坂はもとより兵庫、京都の人心の動揺ははげしく、住民の避難騒ぎもおこった。大坂城代の土屋寅直は、京都に近いことから深く心痛し、大坂町奉行をポシェットと応接させた。土屋は、大坂は異国船との応接の地ではなく、応対のしようがないので、長崎または下田に行くように、と町奉行からポシェットにつたえさせた。

紀州藩から固めの人数数千をはじめ各藩から警備の者が安治川と海岸線に陣をかまえ、おびただしい軍船も出て岸に隙間なくならんだ。ロシア艦からはボートがおろされたが、岸に近づくと各藩の軍船が包囲するので、ボートはすぐに本船に引返す。ロシア艦の乗組員は五百人ほどで、大砲五十挺余が装備されていた。

九月二十九日、幕府は、プチャーチンに対するオランダ語の書簡を急飛脚で大坂へ送った。そこには、「大坂港は外国応接之地ニ無レ之故」応対できがたいので伊豆下田に行くこと、応接掛の筒井、川路等もすみやかに下田に行き、待っていると記されていた。その書簡とともに、土屋に対し、ロシア艦を下田にむけ退帆させるように、という指令書も送った。

阿部正弘は、その日、筒井、川路、目付の松本十郎兵衛、儒者古賀謹一郎をまねき、ロシア艦が長崎または下田へ行った折には、そうそうに応接掛として出張することを命じた。ただし、長崎の場合は、目付永井岩之丞が行っているので松本は出張におよばず、とつたえた。

現地の大坂では、土屋が受取ったプチャーチンあての書簡をロシア艦にわたし、その動きを見まもったが、艦は動く気配を見せなかった。京都では、彦根藩三千、郡山藩千八百をはじめ淀《よど》、篠山《ささやま》、膳所《ぜぜ》、亀山の諸藩の兵が、御所、東寺、本能寺等の警護にあたった。

川路は、プチャーチンとの応接も近いと判断し、筒井と話合い、十月七日、ロシア側との談判について阿部正弘に伺書を提出した。

一、エトロフ島は、あくまでも日本領であること。

二、樺太は、日本人とロシア人が混住しているので国境画定は困難であること。

三、談判には筒井と川路があたり、下田奉行は立合わず、古賀は、交される書類の漢文翻訳と起草の担当にかぎること。

四、開港については、アメリカに認可した条件と同様にすること。

という内容で、阿部はすべてを承認した。

会談にのぞむ心構えはすべてととのったが、十月十日、大坂より急飛脚が到来した。それによると、ロシア艦は、三日五ツ（午前八時）すぎ、にわかに安治川沖をはなれ、八ツ（午後二時）には加太浦沖をすぎて紀伊水道を南にむかって遠ざかってゆくのが望見できたという。

ロシア艦は、長崎へ行くのか、それとも下田か。幕府は注目していたが、十月十四日に異国船一隻が下田に入港したという急報があった。

下田奉行所の役人が出向くと、三日に大坂安治川沖から退帆したロシア艦で、ロシア艦側では、筒井や川路等がいるならただちに会談し、もし到着していないなら江戸城に行くと言ったという。

その急飛脚が到着したのは十六日で、翌日、阿部正弘は、筒井、川路、松本、古賀と樺太国境画定調査から七日前に江戸に帰着した村垣与三郎、また江戸在勤の下田奉行伊沢政義に下田出張を命じた。随員は、中村為弥、勘定吟味方改役青山弥《や》惣《そう》右衛《え》門《もん》、評定所留役菊地大助、支配勘定日下部官之丞、上川伝一郎、徒目付松本礼助、永持亨次郎、横田新之丞であった。

また、森山栄之助は、長年の功績をみとめられて普請役として幕府に召抱えられ、下田へおもむくよう命じられた。

四、五日中に川路らは下田へむけて出発することになったが、川路には気がかりなことがあった。養父の川路三左衛門は、持病はなく健康であったが、前月中旬に舌に異常をうったえ、痛みもおこって、医師の診断をあおぐと、舌疽《ぜつそ》（舌癌）であることがあきらかになった。舌疽ははなはだ難病で、治療は困難だという。

それをつたえきいた徳川斉昭は、自製の薬をとどけさせると同時に、療法を詳細に記した書簡を寄せて、川路を感激させた。

川路は、養父を妻の佐登に託し、旅仕度を急いだ。

その日の夜、下田在勤の奉行都筑峯重《みねしげ》からの書状が急飛脚によって老中あてにもたらされた。

それによると、副官ポシェットに面会したところ、下田港はせまくロシア艦の碇泊には不向きなので、江戸湾に行って日本の応接掛と会談するため、明日にも出帆するつもりだ、と言ったという。

都筑は、日ならずして応接掛が下田にくるから待つように、としきりに説得したが、不承知の様子なので、一刻も早く応接掛が下田にきて欲しい、と、切迫した筆致で記されていた。

この書状の到来によって、ただちに出発することになり、川路は翌十八日昼に、筒井、村垣、古賀、中村はその夜、松本は十九日、伊沢は二十一日に発足することに決定した。

翌日、定刻に川路は登城した。

老中から応接掛に、下田への出張は経費節約のため供連れも少数にするようにという達しがあった。それに応じて、川路は退出すると、わずかな供連れで小石川の屋敷を出立した。

四

川路は、江戸をはなれるとすぐに駕籠からおり、軽い足どりで歩き出した。にわかの出立であったので、見送る者は一人もいなかった。

日が没し、供の者たちが一斉に提灯に灯を入れた。

川路の足ははやく、長持などをかつぐ者たちは追いつけず、おくれはじめた。

夜気に潮の香が濃くただよって、品川宿の家並の間をすぎ、渡船で六郷川をわたった。すでに夜五ツ（午後八時）近くになっていたので、川崎宿泊りとして本陣に入った。

前年の十二月には、長崎へおもむく途中、プチャーチンが長崎に再来航したという報せをうけて道を急ぎ、今年の二月にはペリーが浦賀に再び来航したことを知って、夜もほとんど眠らず足をはやめて江戸に帰着した。この度の下田行も急ぎ旅で、川路は、常にそのような旅を強いられていることに苦笑した。

翌十月十九日は暁七ッ（午前四時）の出立で、川路は徒歩で宿場をはなれた。空は、満天の星であった。

神奈川宿で夜が明け、川路は小走りに歩きつづけた。大磯をすぎた頃からにわかに風が強まり、並木の松の枝が音を立てて折れるほどで、街道は砂埃《すなぼこり》でかすんだ。その日は十六里余を歩き、小田原に止宿した。

小田原前藩主大久保忠真は、老中時代に川路を勘定吟味役に推挙してくれた関係から、その嫡孫の藩主忠懿《ただなお》とも親しく、川路の来着を知った忠懿は名産の梅干を贈りとどけてくれた。御役目中は贈られる物を固辞することにしていたが、親しい忠懿のことでもあり梅干一包みなので、礼を言って受け取った。

翌日は、勘定奉行の体面上、早朝に駕籠に乗って宿所を出たが、小田原城下をはなれると、徒歩で坂道を足をはやめてのぼった。温泉の湯煙りが所々に立ちのぼる湯元で小休止し、箱根関所をすぎて昼食をとり、三島の宿に入る直前に駕籠に乗って脇本陣についた。後続の筒井、村垣、古賀らは、予定どおりその日に一日おくれで小田原に泊るという連絡があった。

家臣たちに明日も払暁《ふつぎょう》に出立するとつたえ、翌朝七ツ（午前四時）に徒歩で脇本陣を出立した。その日も、夜空に冴えた星がみちていた。

川路は、途中、三島大社の鳥居をくぐって石橋をわたり、提灯を手にした家臣たちと社殿に拝礼し、下田街道に出た。三島宿から下田までは二十二里あり、峻険な天城《あまぎ》峠ごえがあるので、途中、二泊するのが通例であった。が、かれは、その日に湯ケ島村まで一気に行って泊り、明日夕刻に下田に入る予定であった。

川路は先に立って歩き、その後方に荷をかついだ多くの人足たちがつづいた。

間宮村をすぎ、原木村にかかった頃、列の提灯が吹き消された。遠く近く鶏鳴《けいめい》がしきりであった。

天城山以北第一の難所である横山坂をこえ、大仁《おおひと》村に入った。

その時、前方から走ってくる飛脚の姿が見え、飛脚が立ちどまって膝をつき、荒い息をしながら家臣に書状を差出した。下田奉行都筑峯重からの急用状であった。

川路は、大仁村の名主杉村太右衛門の家に入って書状をひらいた。そこには、下田で待っていると思っていた日本の応接掛が到着していないことにいらだったプチャーチンが、これからただちに浦賀へ行く、と強硬にとなえているので、一刻も早く下田へきて欲しい、と記されていた。都筑は、勘定組頭、佐渡奉行など川路と同じ職歴をもつ後輩で、川路に佐登を妻とするようすすめてくれた古くからの知己であった。その切迫した筆致の用状に、都筑の苦悩の深さが感じられた。

川路は、断じてロシア艦を江戸湾に入れさせてはならぬ、と思った。ペリーひきいるアメリカ艦隊は、二度も強引に江戸湾に入って強圧的な態度で条約の締結をはたし、その間、艦隊は江戸の町々を望見できる羽田沖まで進入し、武力誇示をほしいままにした。その行為は、日本にとって大きな屈辱だったが、防備力が貧弱であるだけにただ傍観せざるを得なかった。

そのアメリカ艦隊についでロシア艦が江戸湾に入って談判を江戸の近くでするようなことになれば、国の威信は地に落ち、幕府の権威もうしなわれる。幕臣としてこれ以上の不忠はなく、あくまでもプチャーチンとは、江戸からはなれた下田で談判をしなければならない、と思った。

そのためには、都筑の懇請どおりなんとしてでも今日中に下田へ行かねばならぬが、下田まで泊ることもせず踏破することはできそうにもない。名主の杉村太右衛門にただしてみると、太右衛門は、この地から下田までは十九里あり、天城峠の大難所をひかえているので、途中宿泊せずにはたどりつけない、と言った。

川路は、随行の森山栄之助をまねき、意見を問うた。森山は、たとえ山ごえがあろうと十九里は十九里、行こうと思えば行けるはずです、と答えた。

川路は、その言葉で下田へ死力をつくして急ぐことを決意した。

かれは、家臣たちを呼び寄せ、その旨をつたえ、自分についてこられる者だけが供をせよ、と命じた。かれらは驚きながらも健脚の四名と草履取《ぞうりと》りが、川路についてゆく、と答えた。

大仁村で荷をはこぶ人馬の継立《つぎたて》をする予定になっていたが、それらの人馬も後からついてこさせることになった。

ただちに杉村家で弁当を用意させ、あわただしく出発の支度をととのえた。

「行くぞ」

川路は立ち上り、草鞋《わらじ》の紐をむすぶと杉村家を出た。

かれは、走るように歩き出し、家臣たちも足をはやめ、その後から森山が追い、人馬の列がつづいた。

村を出ると狩野川の渡船場があり、川路たちは舟に乗った。舟べりにとりつけられた竹の輪に通された綱が、対岸からはられていて、舟が下流にながされぬようになっている。船頭が棹《さお》をさして舟をすすめ、川路たちは、岸にあがると再び小走りに道をすすんだ。

瓜生野《うりうの》村をすぎ、狩野川ぞいの道をすすんだ。瀬音《せおと》がはげしく、山肌から滝が水を散らして落ちている。両側に山がせまり、道は上り下りがつづく。谷川にかかった土橋をいくつもわたり、道はさらにけわしくなった。

川路の足の速さはいっこうに衰えず、ついて来ているのは二人の家臣と草履取りだけになり、他の従者や人馬は遠くおくれた。寒気がきびしかったが、川路をはじめ家臣たちの顔にはおびただしい汗がながれ、下着を通して着物の背も濡れて変色している。常に川路は先頭に立ち、家臣たちの間からふいごのような息の音がおこっていた。

小休止もせず、歩きながら握り飯を口にし、道ばたにしたたり落ちる清水をあわただしく掌でうけて飲むと、再び走るようにすすんだ。

月ケ瀬村をすぎて谷あいの道を急ぎ、坂をのぼって湯ケ島村に達した。その村は温泉場で、戸数も百七十ある宿場であった。かれらはそこでも休むことはせず、天城峠への登りにかかった。時刻は七ツ（午後四時）近くで、夕闇が濃くなり、たずさえていた提灯にそれぞれ灯を入れた。

道はせまく、きわめてけわしい登りであった。川路は息をあえがせ、背をかがめて足早にのぼり、家臣たちも必死になって追ってゆく。左手の谷底から瀬音がたちのぼり、時折りきこえるのは、猿の発するするどい声と野鳥の羽ばたく音であった。濃い霧が湧いてきて、提灯の灯がかすんだ。

川路は、胸苦しさに顔をゆがめながらも足をふみしめて右に左にうねる急勾配の道をのぼりつづけた。

ようやく峠の頂上にたどりついた。そこには藁《わら》ぶきの粗末な茶屋があったが、無人であった。麓《ふもと》の梨本村から朝、女がきて、夕刻には帰ってゆく。そのあたりには狼が出るので、夜、泊ることはしないのだ。

茶屋の前をすぎ、両側に樹木の鬱蒼《うつそう》と生《お》いしげった坂を駈けくだった。時には少し登りになることもあり、渓流ぞいにすすんだり、丸木橋をふんで流れをわたったりした。滝の落ちる音が時折りきこえた。

川にかかった木橋をわたると梨本村で、上り下り六里の天城をこえたことを知った。時刻は六ツ半（午後七時）すぎであった。人家の多い村で、川路は、家臣とともに本陣の稲葉家に入った。

稲葉に下田への道のりをたずねると、五里だという。天城峠につぐ難所の小鍋峠をこえなければならないが、川路はその日のうちに下田へつくことができることを知った。

家の敷台に坐った家臣たちは、手を後ろについたり頭をたれたりして、肩で息をついている。かれらの顔は蒼白で汗が光り、足は泥でよごれていた。

かれらは、あえぎながら新しい草鞋にはきかえた。天城ごえとは異なって小鍋峠は駕籠でこえることができるというので、川路は、家臣のすすめにしたがって駕籠で下田まで行くことになった。

すぐに稲葉が駕籠を用意し、交替の者もくわえた駕籠かきの手配もしてくれた。川路は駕籠に身を入れ、家臣たちは、その後にしたがって梨本村をはなれた。

提灯の灯をたよりに河津川にかかった木橋をわたり、さらに大鍋川の土橋をすぎて小鍋峠への急な登りにかかった。駕籠かきは杖をつきながら荒い息をしてのぼってゆく。

川路は、急に寒気を感じはじめた。大仁村からの歩行で衣服は汗で褌《ふんどし》まで濡れ、それが山中の寒気にふれて冷くなっている。そのうちに氷につつまれているような寒さに堪えられなくなり、かれは駕籠かきに声をかけるととまらせ、駕籠からおりた。

やはり歩く方がよく、かれは再び歩き出した。峠をこえ、北ノ沢をすぎると道は平坦になった。箕作、落合、河内、本郷の各村をすぎた。人家がつづき、道見橋をわたると、夜気に潮の香が感じられた。

道の前方におびただしい家並が見え、川路は下田の町に入ったことを知った。時刻は、九ツ半（午前一時）すぎであった。

かれは、駕籠かきの案内で仮奉行所である宝福寺への道をたどった。

家臣とともに寺の玄関に立った川路の姿に、奉行の都筑は、驚きの眼をみはった。前日の夜、三島宿に川路一行が止宿したことを知った都筑は、急用状を出したが、どれほど急いでも下田到着は、その日の夕刻になる、と予想していた。かれは、川路が眼の前に立っているのが信じられないらしく、眼に涙をうかべていた。

川路は、寺の一室で都筑からロシア艦が入港以来現在までの経過をきいた。

都筑は、川路の宿所を稲田寺とさだめていて、自ら夜道を案内に立った。

寺ではにわかの入来で、掃除などしていず、ふとんをかき集めて、川路は家臣とともに雑魚寝《ざこね》をした。時刻は七ツ半（午前五時）をすぎていた。

川路は、六ツ半（午前七時）にははやくも起床した。

前日は一日中走るように歩き、しかも下田についてから短時間しか睡眠をとっていないのに、疲労は少しもなく、快い目覚めであった。川路は、日頃から毎朝、足腰をきたえているおかげだ、と思った。

家臣たちは、川路の起きている気配に眠そうな眼をして起き、共に食事をとった。かれらの顔には疲労の色が濃く、口々に前日、川路の歩行のはやさに驚いたと言い、食事をさわやかな表情でとる川路に呆れていた。

随員の中村為弥は、川路に先立って江戸を出発し、昨日、下田に入っていて、川路のもとに挨拶にきた。

その日も奉行所の役人がロシア艦に行っていたが、ロシア側が中村と話し合いたいと望んでいるという役人からの報告をきいた川路は、中村にロシア艦におもむくよう命じた。

中村はすぐに出ていったが、しばらくしてもどってくると、プチャーチンと面談した内容を報告した。中村が、プチャーチンに、川路が道を急いですでに下田に着いていることをつげると、プチャーチンはそうそうに川路に会いたいと言った。しかし、中村は、一両日中に筒井ら応接掛全員がそろうので、面談はそれからにして欲しい、と答え、プチャーチンも諒承したという。

中村は、ロシア艦の印象についても報告した。艦名は「ディアナ号」で、船の長さ三十三間、幅八間余の新鋭の大艦で、大砲五十二門を二段がまえに装備している。艦は英仏両国の艦隊の攻撃にそなえているらしく合戦準備をととのえていて、船室にまで大砲をならべて窓から砲口を突き出し、水兵はその上に網棚のようなもの（ハンモック）を吊り、そこで寝るようになっているという。

「なにやら雑然とし、あわただしき様子です」

中村は、言った。

空に雲一片もみえぬ快晴で、下田は南地にあるためか春のように暖く、火鉢の必要もないほどであった。下田は、戸数八百五十六で、近畿方面から江戸へむかう荷船が風待ちのため寄港する要港であり、その活気が川路にも感じられた。

家臣たちの大半は足に豆ができて、それがやぶれて出血していた。かれらは、墨をふくませた針糸を豆にとおして化膿をふせぐ処置をしていた。

寺で賄《まかな》いをしてくれたが、家臣たちは川路が節倹を旨としているので粗末な食事をととのえてくれればよい、と寺の者につたえていた。魚は安く、新鮮であった。

翌二十三日も晴れで、川路は、健康法の一つである灸《きゅう》をしてもらい、休息をとった。

その日の昼九ツ（正午）前後に、筒井、村垣、古賀が相ついで下田に到着した。川路は、二日前、大仁村で受けた都筑からの急用状を後続の筒井らのもとにまわしたので、かれらも道を急ぎ、筒井と古賀は、昨夜、梨本村まできて泊って下田にむかい、おくれた村垣は、その日の暁八ツ（午前二時）に湯ケ島村を出発し、天城ごえをして下田に入ったのである。

筒井は海善寺、村垣は泰平寺、古賀は町なかの半田屋をそれぞれ宿所とした。

夕刻、かれら三名と奉行の都筑、中村為弥らが川路の宿所である稲田寺に集り、打合わせをした。

当然、プチャーチンとの会談では、樺太、千島の国境画定問題が討議の対象になる。川路は、はやくから北蝦夷についての知識を得ることにつとめていたが、樺太の実地調査からもどったばかりの村垣が応接掛にくわわっているのは心強かった。老中首座阿部正弘に、村垣を下田での応接掛に推挙したのは、川路であった。

また、川路は、おくれてやってくる応接掛の目付松本十郎兵衛の従者として同行している松浦武四郎の存在にも注目していた。松浦は、文化十五年（一八一八）に伊勢国一志郡須川村の郷士の子としてうまれ、学問をまなび、十六歳で家を出奔《しゆつぽん》して諸国歴遊の旅に出た。二十一歳で出家したが、長崎の町役人津川文作から北辺の急務をきいて強い衝撃をうけ、樺太、蝦夷（北海道）の探険を志した。二十九歳の折に樺太へわたって東西両海岸を克明にしらべ、蝦夷地の奥地まで足をふみ入れ、千島も精力的に踏査した。文筆の才にめぐまれたかれは、その調査結果を「初航蝦夷日誌」「再航蝦夷日誌」「三航蝦夷日誌」にまとめ、「蝦夷大概図」「蝦夷沿革図」についで蝦夷地図も作成した。樺太、千島、蝦夷の事情に精通した第一人者であり、徳川斉昭をはじめとした北辺の地に強い関心をいだく者たちがしきりにかれに接触した。川路もかれの著した日誌を精読し、請うて蝦夷地図も入手した。

幕府はかれの知識を活用しようとし、堀織部が村垣与三郎とともに樺太国境画定の調査掛として樺太へおもむく折に松浦を同行させようとしたが、松浦に悪感情をいだく松前藩の妨害によって実現しなかった。

北辺の地に関心をいだく松本十郎兵衛は、終始松浦を庇護していて、下田へ応接掛として赴任が決定すると、松浦を従者として同行させることをもとめ、幕府はそれを許した。それを知った川路は、大いに喜んだ。松浦が北辺事情を熟知しているだけでなく、海防問題にもすぐれた見識をそなえていることを知っていたからであった。

その日の打合わせでは、ロシア艦側から一刻もはやく会談をひらきたいと言ってきているが、松本十郎兵衛についで伊沢政義が下田に到着してからでなくては応じないという態度をくずさないことで意見が一致した。

翌二十四日は、曇天であった。

早朝に起きた川路は、いつものように刀の素ぶりをした後、半ば走るようにして寺の近くを汗をながして歩きまわった。

四ツ（午前十時）すぎ、川路が居間で調べものをしていると、にわかに玄関の方で騒がしい人声がした。

なにか、と思い、書類から眼をはなすと、家臣の一人が廊下を走ってきて平伏し、

「おろしやの者まいり、玄関から上りましてございます」

と、告げた。

川路は机の前をはなれ、障子の破れ目から玄関の方をのぞいてみると、ロシア艦の副官であるポシェット少佐が、水兵とともに立っているのが見えた。

無断の上陸は許されず、まして建物に入ることなどは厳禁されているので、川路の家臣たちや居合わせた者たちが取りまき、甲高い声をあげて制止している。

ポシェットは、

「通詞はおらぬか。川路さま、川路さま」

と、妙な訛《なまり》の日本語で言っている。

川路の部屋にいた中村為弥と森山栄之助が、廊下に出て玄関に行った。

二人の姿を眼にしたポシェットがしきりになにか言い、中村がポシェットの腕をと

って玄関の外に連れ出すのが見えた。

川路は、前日、奉行の都筑からロシア艦が入港以来、乗組員たちがしきりに上陸して町の中を歩きまわっているという話をきいた。これと言って荒々しい行為はしないのだが、はなはだ不法のことで当惑している、と都筑は顔をしかめていた。それらは水兵たちだというが、川路は、ポシェットまでが自分の宿所である稲田寺まで押しかけてきたことに茫然とした。

鎖国政策によって、日本は異国人の上陸はもとより船が近づくことも許さず、砲火によって追いはらうことまでしてきた。それが再来航してきたアメリカ使節ペリーとの間で日米和親条約が調印されて下田、箱館二港の開港を容認し、ついで五月二十五日、下田に回航してきたアメリカ艦隊側と追加条約十三条を締結して下田の自由遊歩区域を七里とさだめた。

ロシア艦の乗組員が自由に上陸してくるのは、かれらがすでにその条約内容を知っているからにちがいなく、川路は、幕府が長い間堅持してきた鎖国政策が完全にくずれ去ったのを目のあたりに見る思いであった。

しばらくすると、中村が森山とともにもどってきた。

中村は、ポシェットを近くの福泉寺に連れて行って用件をきこうとしたが、寺が修繕中で雑然としていて、ポシェットはこのような所に案内したと言って激怒した。中村は、ポシェットの方から予告もせず突然きたのだから応対する場所を用意していないのは当然だ、と反論し、応接掛全員がそろわないかぎり、川路が会わぬということはかねてからつたえてある、と森山を通訳にして言った。

ポシェットは、急に態度をあらためて、

「実は、イギリスの軍艦がいつ追ってくるかはかりがたく、はなはだ懸念しており、一刻も早く会談をいたしたいと思い、訪れてきたのだ」

と、不安にみちた表情で言った。

中村は、今日にも松本が到着予定で、それからそうそうに会談をする、と説得し、ようやく退去させたという。

「勝手気ままを申し、腹が立ちます」

中村は、顔をしかめた。

中村の話によると、ロシア艦の乗組員が上陸するたびに、奉行所の役人たちは、艦にもどるよう手ぶり身ぶりで説得するが、いっこうに効果はないという。また、乗組員たちが町の中をうろついて、ラッパを吹いたり歌をうたったりして、その後から子供たちがついて歩いているということも口にした。

そのうちに、村垣与三郎から使いの者がきて、かれの宿舎である泰平寺にも乗組員が入りこんできたりするので、各宿所に仮番所をもうけるべきだ、と言ってきた。アメリカとの間でとりきめた開港は、来年三月から実施とさだめられていて、ロシアとはこれからの会談で開港問題について話し合う。ロシア艦の乗組員が上陸してくるのは、長崎で稲佐郷への上陸を許したので下田でもそれが通用する、と一方的に考えているからにちがいなかった。

川路は、村垣の進言をいれ、各宿所の門に仮番所を設置し、町の中にも監視の者を配置させることにした。奉行所の組同心は十人ほどしかいず、下田警備のため来ている千名ほどの小田原、沼津、掛川各藩の足軽たちをそれにあてることにし、仮番所を設置する準備をはじめさせた。

夕七ツ（午後四時）、応接掛の松本が、下田に到着して宿所の本覚寺に入ったという連絡があった。伊沢政義をのぞく応接掛がそろったので、川路は筒井に明朝五ツ（午前八時）に仮奉行所の宝福寺で打合わせ会をひらくことをつたえ、筒井も諒承した。

翌二十五日、定刻に川路は、筒井、村垣、松本、古賀と仮奉行所の一室に集り、中村為弥らも同席した。

話し合いの結果、明日の九ツ（正午）にロシア側と第一回会談をひらくことにし、会談場所は、修繕を終えた福泉寺にさだめ、プチャーチン一行に昼食を出すことになって、その手配も命じた。

それをプチャーチンにつたえるため、中村に徒目付永持亨次郎、普請役の森山栄之助を付きそわせて「ディアナ号」におもむかせた。

当然、承諾すると予想していたが、やがてもどってきた中村は、プチャーチンがポシェットを通じて上陸しないと強硬に言っているとつたえた。プチャーチンは、ロシア、日本両帝国を代表する全権はたがいに礼儀を重んずるべきで、長崎での初対面はロシア側が上陸したのだから、下田では日本側がロシア艦にくるのが筋だ、と言っているという。

川路は、長崎でも上陸するか艦におもむくかでもめたが、一方的に来航したロシア側に常に強い態度でのぞまねば会談で優位に立つことはできないと考え、あくまでも上陸させるようにしなくてはならぬ、と思った。

筒井たちも川路と同じ意見で、川路は、中村に再び「ディアナ号」におもむくことを命じ、長崎は長崎、下田は下田で、ロシア艦側が早急に会談をしたいと言っているのだから、明日九ツに上陸するようポシェットにつたえよ、と指示した。中村は、永持らと仮奉行所を出て行った。

その間にも、奉行所の役人から「ディアナ号」の乗組員が上陸して、細い竹を折ってステッキにしたり生の大根をかじって歩いたりしているという通報があった。そのうちに浜辺で鉄砲の稽古《けいこ》をしているという話もつたえられ、川路たちは、きびしく取締らなければならぬ、と口々に言い合った。

やがて、「ディアナ号」から中村らがもどり、ポシェットは承知せず、上陸するとするなら、会談のおこなわれる福泉寺の近くに宿所を借り受けたい、と言ったという。

川路は中村に、「ディアナ号」に引返してポシェットに次のようにつたえることを命じた。会談はあくまでもロシア側が上陸しておこなうこと。開港問題がまだ討議されていないので、宿所の提供は許さず、乗組員の上陸を禁じ、まして鉄砲稽古などはもってのほかで厳禁する。

中村らは、ただちに「ディアナ号」に引返していった。

かれらが仮奉行所にもどってきたのは、夜四ツ（午後十時）すぎで、ポシェットの態度は少しも変らない、と報告した。そのため、明日の会談は延期と決定し、明日の夕刻に中村らを「ディアナ号」に派遣し、かさねて折衝させることになった。

川路が宿所の稲田寺にもどったのは、九ツ（午前零時）すぎであった。

翌日も晴天で、九ツ（正午）前に江戸在勤の下田奉行伊沢政義が下田に到着し、宿所の了仙寺に入った。これによって、応接掛全員がそろった。

夕刻、中村は、前日、ロシア艦内で夕食を振舞われた返礼として、箱根湯元の細工物と魚類をたずさえ、永持、森山とともに「ディアナ号」におもむいた。

プチャーチンの返答は変らず、中村たちは四ツ（午後十時）頃むなしく帰ってきた。中村の話によると、「ディアナ号」では、食糧がかなり欠乏しているらしく、水兵たちは脂を入れただけの汁を飲み、豚は一匹しかのこっていない。そのため持参した魚類をわたすと、これで十日間の食糧になると言って、ひどく喜んでいたという。

川路は、プチャーチンが本国をはなれてから二年、日本との交渉につとめながら、イギリス、フランス両国の軍艦の影におびえている窮状を感じた。

翌二十七日、九ツ（正午）すぎ、応接掛全員が仮奉行所に参集し、協議した。プチャーチンの強硬な態度に、打開の道をさぐるためさまざまな意見がかわされた。

長い間黙っていた伊沢が、口をひらいた。

中村らを今日も「ディアナ号」におもむかせてこれまで通りの申出をさせ、それをプチャーチンが拒絶したなら、明日はなんの連絡もせず、そのままにしておく。幕府からプチャーチンへの贈物が追々到着するので、それを受取りに上陸するようつたえる。それをも拒否した場合は、余儀ないことではあるが、こちらから艦におもむくようにしたらいかがか、と。

理路整然とした伊沢の意見に川路は感心し、他の者たちも同調して、その方針によって事をすすめることになった。伊沢は、浦賀、長崎奉行を歴任し、弘化元年にオランダ使節と折衝し、翌年には長崎来航のイギリス艦の処理にあたった。嘉永六年には浦賀奉行に再任し、ペリー再来航時には応接掛の一人として日米和親条約に調印した。川路は、異国との折衝に多くの経験をへてきた伊沢を応接掛に任命した阿部正弘をさすが、と思い、その日の日記に「美作守《みまさかのかみ》（政義）、才力別段也」と書きとめた。

夕六ツ（午後六時）少し前、中村が永持、森山と「ディアナ号」におもむき、五ツ半（午後九時）にもどってきた。その報告によると、中村は、このように双方が主張を曲げないのでは際限もなく、なにか良い案はないか、とポシェットに問いかけた。ポシェットは、少し待っていて欲しいと言ってプチャーチンのもとに行き、やがてもどってくると、会談場所の近くに寺を借り、そこを宿所にすることができるなら、明日にも上陸してもよい、というプチャーチンの言葉をつたえた。

中村は、私一存では答えかねるので、その旨を川路につたえる、と言って、引返してきたという。

それをきいた川路は、ロシア側の提案にどのように回答するか協議するため、明日五ツ半（午前九時）に一同仮奉行所に集ることを各応接掛に連絡した。

その日、宿所の稲田寺に門番所がもうけられ、乗組員が門内に入ることはなくなった。

翌日、定刻に一同集って評議した。宿所の提供は到底許しがたく、それをつたえればプチャーチンは上陸することはしない。宿所の問題で応酬するのは得策ではなく、幕府からの贈物をわたすということを前面に立てて上陸するよう説得するのが好ましい、ということになった。ただし、幕府からの贈物はまだ到着していないので、目録をわたすということで意見が一致した。

その旨をプチャーチンにつたえるため、中村らは、またも「ディアナ号」におもむいた。

中村が、贈物のことについて述べると、ポシェットは、その贈物とはなにか、とたずね、中村は、内容は知らぬ、と答えた。ポシェットは、せっかく贈物をわたしてくれるというのだから上陸はするが、そのためには会談場の近くに休息所を提供して欲しい、と言った。それをも拒否するというのなら贈物をいただいても意味はなく、明日出帆して江戸へむかう、と告げた。

その年の三月、下田に入港したペリーのひきいるアメリカ艦隊に、幕府は了仙寺を休息所として提供した前例があるので、中村はその提供を承諾し、ただし宿所を貸すことは絶対にできない、と答えた。ポシェットは、休息所をペリーと同様の場所にするよう指定し、明日または明後日に上陸し、会談する、と言った。

中村がもどってきたので、体調をくずした古賀をのぞく応接掛が、暮六ツすぎに仮奉行所に集った。

中村の報告に一同喜んだが、了仙寺を休息所とすることに随員や奉行所の役人たちは一様に異議をとなえた。了仙寺は、伊沢の宿所で、奉行が異国人のために宿所を引きはらって他に移るなどということは不承知だ、という。

それならば、筒井と川路が、それぞれの宿所である海善寺、稲田寺を休息所にする、と言ったが、応接掛を代表する二人が宿所を明けわたすことは、ロシア艦側に軽んじられることになる、とこれにも強硬な反対意見が出た。話はもつれにもつれ、紛糾した。

川路は、休息所設定のことで中村が承諾した約束をやぶれば、ロシア艦は江戸へ行き、重大事になる、と、目付の松本に裁定をもとめた。

松本は、思案の末、一つの案を出した。伊沢の起居する了仙寺は、仮奉行所の宝福寺から遠く、奉行としての執務に支障があるので、了仙寺からはなれる。移転先は、仮奉行所に近い川路の宿所である稲田寺とする。川路は、村垣が泊る泰平寺に、村垣は海岸に近い長楽寺にそれぞれ移る。これによって了仙寺を休息所に明けわたす伊沢の面目も立つという。

目付の裁定なので、ようやく随員たちも納得し、夜四ツ（午後十時）すぎに散会した。

翌二十九日は、宿がえで混乱し、川路は、家臣たちと泰平寺に移った。小さな寺であった。

翌日、幕府からプチャーチンへの贈物とともに、応接掛の必要経費として千両が送られてきた。

その日の夕刻、川路ら応接掛は寄り集って、明日四ツ（午前十時）に上陸するようプチャーチンにつたえることに決し、中村を「ディアナ号」に派遣した。

ロシア艦側は基本的に承諾し、ポシェットがまず五ツ（午前八時）に上陸して休息所の了仙寺を検分し、それからプチャーチンが士官数名と水兵二名をともなって八ツ（午後二時）に応接所の福泉寺におもむく、と回答した。これによって、プチャーチンの上陸が正式に決定し、川路ら応接掛は、明日の四ツに応接所である福泉寺に集合し、プチャーチンの上陸を待つことになった。

十一月一日は、快晴であった。

前日にさだめた通り、川路は四ツ（午前十時）に駕籠で福泉寺へおもむいた。筒井、伊沢、松本、村垣、古賀ら応接掛全員が集り、都筑、中村らも姿をみせた。

それに先立って、五ツ半（午前九時）頃、ポシェットが上陸して了仙寺を検分し、「ディアナ号」にもどった。応接所、休息所には、奉行所同心が詰め、その周囲と町の要所要所に千名にのぼる小田原、沼津、掛川の諸藩兵が警備の任についていた。

下田奉行所の組与力と小人目付が案内人として「ディアナ号」にゆき、やがて艦からボートがおろされた。前日の話では、プチャーチンが士官数名、水兵二名を連れて上陸するという連絡をうけていたが、六十名ほどの乗組員がボートに分乗するのが見えた。

ボートは、奉行所の番船にみちびかれて船着場につき、プチャーチンが乗組員たちとともに上陸した。剣つき鉄砲を手にした乗組員が二列縦隊にならび、先頭に軍楽隊員とロシア国旗をかかげた長身の旗手、その後ろに士官をしたがえたプチャーチンがついた。

ラッパと小太鼓による楽の音がおこり、隊列が行進をはじめた。道の両側には見物の町民たちがむらがり、犬が狂ったように吠えて走りまわった。

隊列は北への道をすすみ、やがて休息所に指定された了仙寺についた。

乗組員の大半は寺にのこり、プチャーチンが十名ほどの士官と水兵をともなって寺を出た。町はずれにくると、水兵たちは足をとめ、プチャーチンが五名の士官をともなって、奉行所の役人にみちびかれ応接所の福泉寺の門を入った。門には、警備の小田原藩の藩主大久保家の紋の入った幕がはられ、玄関には下田奉行都筑峯重の紫の紋幕がはりめぐらされていた。

中村が玄関でプチャーチン一行を出迎え、控室に案内した。

応接所にあてられた広間には、江戸から送られてきた精巧な細工をほどこした書棚、簞笥《たんす》、置物卓、硯《すずり》、花生台、屏風《びょうぶ》がならべられ、プチャーチンと士官たちは、中村にみちびかれて応接所に入った。そこには、筒井、川路ら応接掛と奉行の都筑が、正装してならんで立っていた。

プチャーチンたちが向い合って立つと、筒井が口をひらき、長崎でプチャーチンが幕府に献上した品々に対する返礼として、これらの品物が送られてきたので、お受取りいただきたい、と言った。

プチャーチンは、贈物に視線をむけ、感謝している旨を述べて控室にもどった。返礼品が広間から控室にはこばれ、それらの品の目録を、中村がポシェットに手渡した。

その日は会談はおこなわれず、交歓のみに終始することになっていた。

応接所で会食の用意がととのい、プチャーチンは、「ディアナ号」艦長レソフスキー海軍少佐、ポシェット少佐、中国語通訳官ゴシケヴィッチをともなって入室し、「ディアナ号」から持ってきた椅子にそれぞれ腰をおろした。

筒井、川路らは、積みかさねた畳の上に坐っていた。

筒井が、

「長崎表《おもて》に於《おい》て面談以来、久々《ひさびさ》にて対面いたすことができ、大慶至極《たいけいしごく》に存じます」

と挨拶し、通詞がオランダ語でその旨をつたえると、ポシェットの通訳でプチャーチンも同様の挨拶をした。

ついで川路が、たがいに健康をそこねることもなく再会できたことを喜ぶ旨を述べ、プチャーチンも挨拶を返した。

筒井が、プチャーチンと初対面の下田奉行の伊沢と都筑を紹介し、松本が荒尾の後任として応接掛となり、松本につぐ応接掛として村垣が任命されたことを披露し、両奉行と松本、村垣はそれぞれ会釈した。また、古賀は、オランダ語で再会できたことを光栄に思う旨の言葉を口にした。

筒井が、

「これより粗餐《そさん》を差上げたく存じます」

と述べ、両奉行、松本、村垣、古賀は次室にさがり、応接所には筒井と川路二人のみとなった。

料理が奉行所の者によってつぎつぎにはこばれ、くつろいだ雰囲気になった。

プチャーチンは下田が気候温暖であることを口にし、他の者は新鮮な魚類が美味であると言って、さかんに料理を口にし、酒を飲んだ。川路は、魚類をはじめ食糧その他を無償で提供する用意をととのえてあるから、遠慮なく申し出て欲しい、と言ったりした。

さかんに会話がかわされ、笑い声もしばしばおこった。

プチャーチンが、川路に、

「貴殿の顔を写真にとらせていただきたい。友情の記念として、ぜひ」

と、言った。

川路は、笑いながら自分の顔など、と言って首をふりつづけたが、プチャーチンはきき入れない。

川路は、

「私は生れつきの醜男。老境に入って妖怪のごとくなっております。それを写真にとって、これが日本の男子の顔などと言われては、わが国の美男子たちは心外に思います。私の顔の写真をみてロシアの美人に笑われることはいやです」

と言って、話題をそらせようとした。

プチャーチンは、笑うこともせず生真面目な表情で、

「ロシアの婦人は、頭脳の良し悪しで男の価値を判断します。美醜を口にするのは愚しいこととしております故、御懸念《ごけねん》にはおよびません」

と、言った。

川路は、絶句した。自分でも容貌はととのっていないことは知っているが、プチャーチンに慰められるほどひどいとは思っていない。プチャーチンは才人で、川路の言葉に適当な返事をしようとしたが、言いまわしに困って、そのようなことを口にしたのだろう。

川路は、かすかに笑った。

その席で、プチャーチンは、明日、今日の饗応に対する返礼として応接掛その他を、「ディアナ号」に招待したいと発言し、それに対して日本側は、都筑、伊沢両奉行は奉行所の仕事があるので行けぬが、他の者は艦におもむくことを約束した。

宴が終って、別室でロシア士官たちと会食していた松本ら応接掛と都筑が士官たちと応接所に入ってきた。

筒井がプチャーチンに招待をうけてくれたことに感謝の言葉を述べ、それによって散会となった。

プチャーチンたちは休息所にもどり、再び隊列をくんだ乗組員たちと船着場に行き、ボートで「ディアナ号」に引返していった。


翌二日、川路は筒井らと朝四ツ（午前十時）すぎに仮奉行所の宝福寺に集った。

普請役の坂臺三郎《さかだいざぶろう》と小人目付平岡善三郎が、通詞の堀達之助、志筑辰一郎《しづきたついちろう》とともに「ディアナ号」におもむき、艦側で招待準備がととのっていることをたしかめ、それを川路に報告した。

川路は、日本の応接掛を「ディアナ号」で待ち受けさせるため随員の箕作阮甫と宇田川興斎を、吟味方下役と普請役とともに「ディアナ号」に先行させた。

出立の準備がととのい、応接掛はそれぞれ駕籠に乗った。筒井と川路の駕籠の前後には槍、弓、鉄砲を手にした警護の者多数がかため、行列は宝福寺をはなれた。

船着場の前面の海には、朱の紋を染めぬいた紫の幕と紅白の天幕がはられた美しい大型の船がうかんでいた。船には、その船の船手頭《ふなてがしら》藤沢弥兵衛の船印と応接掛のそれぞれの槍が二本ずつ立てられていた。

駕籠からおりた筒井、川路ら応接掛全員と森山栄之助、さらに筒井と川路の家臣二人と松本、村垣、古賀の家臣一人がそれぞれ艀でその大船に乗り移った。随員の青山弥惣右衛門、菊地大助、日下部官之丞、上川《かみかわ》伝一郎、松本礼助、永持亨次郎、横田新之丞は、それぞれ家臣とともに二艘の船に乗り、さらに、応接掛と奉行所の役人が六艘の船に分乗した。

応接掛の船にとりつけられた太綱が二艘の引舟にむすびつけられていて、船の舳に立った船手頭が采配をふって合図をすると、引舟の水主たちが一斉に櫓をこぎ、船が動き出した。それにつづいて八艘の船がすすんだ。その時、「ディアナ号」に五色の旗がマストにあげられ、艦上から楽の音がおこった。帆桁には、多くの水兵がのぼっていて、こちらに眼をむけていた。

船印をひるがえした船の列がすすみ、「ディアナ号」に近づいてゆく。海岸には見物の者たちがむらがっていた。

空は厚い雲におおわれていて、小雨が落ちてきた。船は次々に「ディアナ号」に接舷し、応接掛と随員たちは艦上にあがった。

ポシェットが出迎え、プチャーチンの部屋に案内した。部屋に入ったのは応接掛と随員の中村、青山、菊地、通詞の森山のみであった。

プチャーチンと士官たちは椅子に腰をおろし、応接掛たちは絨毯を敷いた高い床の上に坐り、右手に中村らが坐った。

プチャーチンが歓迎の辞を述べ、筒井と川路が、招待されて感謝している旨の挨拶をした。

プチャーチンは、見せたいものがあると言って甲板に案内し、応接掛たちは一段高い所におかれた椅子に腰をおろした。艦長レソフスキー海軍少佐の合図で、軍楽隊が楽を奏し、それにしたがって数十人の水兵が、銃を立てたり肩にしたりする。行進がはじまり、それは一糸乱れぬ見事な動きであった。ついで、数門の大砲の操練が機敏におこなわれ、川路は、あらためて兵のすぐれた練度を感じた。

操練が終り、プチャーチンは応接掛たちを艦内くまなく案内した。貯蔵庫、治療器具のそなえつけられた治療所、調理具が整然とならぶ厨房等、川路は乗組員の生活のための艦内設備が完全にととのっていることに感嘆した。

ポシェットが、艦の長さ百七十五フィート、幅四十六フィート、深さ四十フィート、備砲上段二十二門、下段三十門計五十二門、乗組員は士官二十七名、陸兵四十九名、水兵四百二十五名計五百一名と説明した。むろん艦は、フリゲート（帆走艦）であった。

川路は、艦内をすべて案内し「ディアナ号」の細目その他まで説明するロシア艦側の態度に、プチャーチンの鷹揚《おうよう》さと自分たち応接掛に対する好意を感じた。

それよりプチャーチンの部屋にもどり、食堂に案内された。料理と酒がつぎつぎに出され、歓談した。プチャーチンをはじめ士官たちは、心のこもったもてなしをし、その間に、楽士が静かな音楽を演奏していた。

やがて食事を終え、川路たちはプチャーチンの部屋にもどり、茶菓を供された。

その席で、プチャーチンが、明日、第一回会談をひらきたいという申出をし、川路は承諾した。

プチャーチンは、五ツ半（午前九時）に上陸して応接所の福泉寺に行きたい、と言った。川路は、プチャーチンが会談するのを急いでいるのを感じながら、準備もあるので九ツ（正午）と答え、プチャーチンは諒承した。

ロシア艦側では、菓子を小箱に入れて一同にわたし、川路たちは待っていた船に分乗した。夕七ツ（午後四時）であった。

船手頭の合図で、水主たちは、舟唄をうたって櫓をこいだ。雨はやみ、船の列は船着場にむかってすすんだ。上陸した川路は仮奉行所に立寄り、宿所にもどったのは暮六ツ頃であった。

その日は天候が不安定で、時々雨が落ちていたが、夜に入ると大雨となり、風も激しさを増し、雷鳴がとどろいた。

その悪天候で、思いがけぬ出来事が起った。

「ディアナ号」の乗組員が、その日も上陸していたが、港の海面が波立って艦に帰ることができず、町の家の軒下などに身を寄せていた。かれらの身を気づかった艦側では、ボートを出して乗組員を上陸させ、その数は三十人ほどになった。上陸してきた乗組員は、ポシェットのオランダ語の書状を手にしていて、奉行所の役人に差出した。そこには、荒天で乗組員が艦に帰れぬので、どこか宿所を提供して泊らせて欲しい、と記されていた。

奉行所の与力、同心たちが繰り出し、身ぶり手ぶりで押問答になったが、役人の一人が乗組員たちを休息所の了仙寺へ連れてゆき、それが奉行所と川路、松本のもとに報告された。川路と松本は、プチャーチンとの取りきめで会談の折に了仙寺を休息所とするが、宿所は提供しないことになっているので、了仙寺に入れることは断じて許さぬ、と指示した。

応接掛の随員たちは、役人が乗組員を了仙寺に連れて行ったことは奉行所の失態であるから、奉行所側でロシア艦側と折衝すべきである、と主張した。これに対して、奉行所では、了仙寺を休息所として許したことが原因であり、応接掛側でかけあうのが常道《じょうどう》であると申立て、両者は対立した。

結局、奉行所側が折れて、与力、同心と普請役、小人目付、通詞が波立つ海面に舟を出して「ディアナ号」におもむき、ポシェットに面会した。ポシェットは、荒天で水兵たちが帰艦できなくなったため、やむなく宿所提供を依頼した次第で、応接掛との約束はかたくまもるつもりである、と回答した。

すでに夜も明けはじめていたので、与力たちは問題が自然解決したと判断し、引返した。

この件について、応接掛は、五ツ（午前八時）すぎに仮奉行所に集り、伊沢、都筑両奉行が事情説明と弁明をし、応接掛は諒承した。

応接掛は、四ツ半（午前十一時）に応接所の福泉寺におもむいた。

やがて、プチャーチンがポシェット、ゴシケヴィッチ、秘書官ペシチューロフ海軍大尉をともなって上陸し、中村為弥の案内で休息所の了仙寺に入った。約束どおり九ツ（正午）であった。

それより、中村にみちびかれてプチャーチンら四人は、応接所の福泉寺についた。双方が向い合って立ち、筒井が昨日饗応された礼を述べ、プチャーチンは来艦してくれたことを感謝している、と挨拶し、席についた。

筒井が、まず口をひらいた。

「今日より追々御用談いたしますが、当方より申入れることもあり、まず使節からこのたび来航なされた御趣旨をうけたまわりたい」

それを森山がオランダ語で通訳し、ポシェットがロシア語でプチャーチンにつたえると、プチャーチンは、

「このたび、日本はアメリカとの間に和親条約を締結したことをつたえきいております。わがロシア国も、アメリカと同様、日本と条約を締結することを念願としており、その目的をもって来航した次第です」

と、答えた。

長崎でのプチャーチンとの会談では、首席応接掛として筒井が最初に挨拶の言葉を

述べ、その後は主として川路が折衝の役目を引受けたが、この日の会談でも同様であった。

川路は、

「使節から種々お申入れがあることと存じますが、承諾しがたいこともあれば、また応じられることもあると存じます。それをおききし、お答え申します」

と、言った。

プチャーチン――

「まず、われらの願いは、ロシアと日本は近隣のこと故、たがいに信義をむすびたく存じます。信義をむすぶには、第一に通商を開始すること、第二は国境をさだめることで、私が使節として派遣された目的はそれに尽きます。これまで日本とは交流がなく、親善の道をひらくには、通商と国境をさだめることであります」

川路――

「国境をさだめる件について、ロシアは広大な領土をもつ大国であるのに、さらに領土をひろげようというのは、いかなるおつもりか」

プチャーチン――

「まず第一に通商を許可して下さることである。それに同意していただけるならば、国境の件については当方にそれなりの用意がある」

川路は、

「通商の儀はまずおいて、貴国は国境画定について、どのようにお考えになっておられるのか」

と、プチャーチンの顔に視線をすえた。

ポシェットの通訳でその言葉をきいたプチャーチンは、わずかに視線を落してから、顔をあげると、

「ロシアと日本両国は相接していること故、通商はぜひとも必要である。日本が通商を容認するなら、エトロフ島は、わがロシアの領土であるという証拠もあるにはあるが、全く日本領としてみとめてもよい。また、樺太も、厳密にここからロシア領などと言うこともしない」

と、答えた。

川路は、その言葉をプチャーチンから引出せたことに満足した。が、それをプチャーチンにさとられぬようきびしい表情をくずさなかった。

背をまるめて坐っている筒井が、やわらいだ眼をプチャーチンにむけ、

「通商のことは、諸外国から申入れもありはしますが、わが国二百年来、金鉄のごと

く鎖国政策をまもりつづけてきましたこと故、それは容認しがたきことであります。貴国におかれましても、はやることなく気持を長くもって時機がくるのをお待ちいただきたい。貴国の船に薪、水、食糧は、なんとしてでもおわたしいたします故」

と、ゆったりした口調で言った。

筒井は高齢で、応接掛の打合わせの席でも談判の場でも、きいているのかいないのか、老いの眼をしばたたかせてほとんど口をきくこともしない。川路は、そうした筒井をたよりなく思うこともあるが、プチャーチンに期待をいだかせぬよう機先を制したその発言は、絶妙だ、と思った。

プチャーチンの顔に動揺の色がうかび、再び視線を落した筒井に眼をむけると、

「日露両国が親しく交流するのは、通商によってである。通商なくして和親はなく、国境のことも解決はない」

と、口早に言った。

それを受けて川路は、

「以前は、国法によってわが海岸に近づく異国船を容赦なく打ちはらってまいりましたが、その後は、難破した船をすすんで救助し、さらに薪、水、食糧もわたすようになった次第です。その変化を使節もよくよくお考えいただきたい」

と言って、プチャーチンの顔を見つめた。

プチャーチンは、長崎での会談で隣国であるロシアを他国よりも手厚く扱うという回答を得た、と前置きし、

「他国に通商許可のとりきめをしたのだから、ロシアにはさらに一段と好条件で許可して欲しい」

と、言った。

川路はにわかにきびしい眼をすると、他国とはいずれの国かと詰問し、いずれの国にも決して通商を許可していない、と答弁した。

プチャーチンは、日米和親条約の条約文を眼にしていないが、と前おきし、日本はその条約でアメリカに通商を許し、開港にも同意したはずだ、と追及した。

「かりにアメリカに通商を許しているとしたなら、われらはまずそのことを貴殿に話し、貴国にも許可するとつたえる。しかし、わが国はアメリカに対してそのような許可は決してあたえていない。アメリカとの間で締結した条約では、アメリカ船に薪、水、食糧をあたえることを約束することがさだめられている。先程、筒井殿がアメリカと同様、欠乏の品を貴国の船にもわたすと申上げたではありませんか」

川路は、反論した。

日米和親条約では、第一にアメリカ捕鯨船員に対する食糧、薪、水の補給と難破船員の生命、財産の保護、第二に汽船への石炭補給、修理等を可能とする港の開放がとりきめられた。アメリカ使節ペリーは、第三に通商許可の要求を出したが、日本側がこれを強く拒否すると、予想に反してそれを撤回したのである。

プチャーチンは、ロシアが最ものぞむのは通商許可である、とかさねて発言し、

「軍艦、商船のために大坂、箱館の二港を開放していただきたい。大坂の開港については長崎での会談でも申上げたが、このたび、大坂に立寄ったのもそのためである」

と、要求した。

天皇のいる京都に近い大坂の開港は論外で、川路は即座に拒否した。

プチャーチンは、かすかに顔をしかめると、

「この下田港にきてはなはだ驚いているのは、アメリカ使節がなぜこの港を開港場にしたのか、ということです。夏（実際は三月）に検分にきたので、風が強いことに気づかなかったのか。港の形から冬は船を碇泊させるのが困難で、すでにわが艦も、三度碇泊位置を替えてようやくしのいでいる次第で、はなはだ難渋している。この港の近くで良港を開放して欲しい」

と、言った。

筒井が視線をあげ、

「この下田湊《みなと》は、奉行を常駐させている重要な港で、悪しき港と言われることには合《が》点《てん》がゆきませぬ。他に相応の港もなく、たとえあったといたしましても、他の港を指定することは容易ならざること故、それならば箱館のほかに長崎を許可しましょう」

と、言った。

プチャーチンは、ロシアの軍艦や商船が航行するのは太平洋で、長崎は不適であり、大坂が不承知なら大坂奉行の支配地である兵庫を開港して欲しい、と要求した。

川路は、紀州の加太浦からは内海であり、兵庫をはじめとした港の開放は断じて許可できぬ、と、拒絶した。

プチャーチンは、それなら浜松を、と発言したが、川路は、浜松は大名の領地でそれは不可能であると答え、

「下田には日本の船も多く寄港し、古くから良港とされ、まことにめでたき港である」

と、言った。

プチャーチンは、下田以外の安全な港をえらんで欲しい、となおもせまり、川路は、一朝一夕《せき》にはきめかねる、と答えた。

談判はゆきづまり、川路は、夕刻も近づいたので今日のところは散会にしたい、と提案した。

プチャーチンは、会談の進行を円滑《えんかつ》にするため日米和親条約の全容の謄本《とうほん》を見せて欲しい、と要求し、川路は、確答をこばんだ。

ポシェットから、昨夜の「ディアナ号」乗組員の上陸騒ぎについて中村為弥に謝罪する旨の言葉があり、中村は諒承した。

プチャーチンは、明日、第二回会談をひらきたい、と要求したが、川路は、明後日五ツ半（午前九時）よりを予定していると答え、プチャーチンは承諾した。

プチャーチン一行は去り、川路たちも応接所を出て、仮奉行所にもどった。

川路は、筒井たちと会談の結果について話し合った。

プチャーチンが、開港場として下田のかわりに大坂、兵庫、ついで浜松を指定したことに驚きを感じた、と口々に言い合った。大坂は、「ディアナ号」が下田に入る前に投錨《とうびょう》したのだからその状況を知っているのは当然だが、兵庫、浜松を好ましい泊地としていることに空恐しさをいだいた。

「ディアナ号」は、大坂の安治川河口沖にゆく前に近くの兵庫の港を入念に観察し、大坂から下田に航行途中、浜松も沖合いから遠眼鏡で調査したにちがいなく、かれらの日本に対する知識が容易ならざるものであるのを感じた。

通商問題については、長崎での会談につづいて川路と筒井がきびしく拒否の姿勢をくずさず、開港についても箱館と下田以外にみとめぬと回答したが、今後もその方針にしたがって会談をすすめることを再確認した。

北辺の領土画定問題で、プチャーチンが、エトロフ島を日本領としてみとめ、樺太についても正確な国境をさだめる意思がない、と表明したことは、大きな収穫であった。プチャーチンは長崎退去後、北辺の実情を調査して、そのような結論に達したものと推定された。

川路たちがそのようなことを話し合っている間、筒井は居眠りをしているらしく頭をたれてかすかに体をゆらしていた。

川路は、プチャーチンとの会談中に筒井が発言した内容を思い出し、口もとをゆるめた。応接掛の首席ではあっても、高齢な筒井に心もとなさを感じていたが、その発言はきわめて効果があった。内容はきわめてきびしいものであったのに、肩をまるめた筒井の口からもれるおだやかな言葉の調子に、プチャーチンは感情をそこねた様子もみられなかった。

老齢者は老齢者のことはある、と、川路は眼を閉じている筒井の横顔を見つめた。

夜もふけ、宿所にもどることになった。

それぞれ駕籠が用意され、筒井につづいて川路の駕籠が、警護の者とともに仮奉行所の門を出た。

五

泰平寺にもどった川路は、睡眠をとることもせず九ツ半（午前一時）から机にむかった。前日のプチャーチンとの第一回会談は、今後くり返される折衝の基礎になるもので、かれは会談の内容を記録し、それを十分に頭に入れておきたかったのである。かれは、プチャーチンとの一問一答を記憶をたどってつづり、また、その折々のプチャーチンの態度とポシェットら随員の反応も書きとめた。さらにその問答について、今後、どのような方針でのぞむのが最も有効かを熟考し、それについても記した。

深い静寂がひろがっていたが、やがて台所の方で人の起きる気配がし、かれは筆をおくと、机の前をはなれた。

ふとんに身を横たえたかれは、すぐに眠りに落ちた。

寺の境内の樹木にむらがった烏《からす》の騒々しい鳴き声に、かれは眼をさまし、半身を起した。雨戸のすき間から明るい朝の陽光がさしこんでいて、晴天であるのを知った。

川路は、洗面後、庭に出て刀の素ぶりをし、寺の近くを汗をかくまで走るように歩きまわった。空は青く、さわやかな朝であった。

食事のととのった座敷にゆき、随員の日下部官之丞と上川伝一郎の挨拶をうけ、共に箸をとった。五ツ（午前八時）すぎであった。

川路は、食事をしながら日下部らと前日の会談について言葉をかわしていたが、突然、眼の前の膳が、食器とともに横に飛ぶのを見た。同時に、体が跳ねあがり、横に倒れた。

かれは、一瞬、なにが起きたのかわからなかった。日下部は仰向けになり、上川は前のめりに倒れている。川路をはじめかれらは無言であった。

畳が左右に激しく動き、部屋の火鉢や煙草盆が篩《ふるい》の上の穀粒《こくつぶ》のようにはね、茶簞笥が倒れ、積みかさねられた文書が座敷に散った。建物が鋭いきしみ音を立ててゆれ、太い亀裂の走った壁が土埃をあげてくずれた。為体《えたい》の知れぬ地響きが、体をつつみこんでいる。

川路は、上川が広縁《ひろえん》の方に這《は》ってゆくのを眼にし、それにならって縁のふちから庭にころげ落ちた。地面が渦《うず》をまくように激しく動いていて立ち上ることができず、かれは這って軒下をはなれ、庭の中央でうずくまっている上川に近づき、日下部も這い寄ってきた。

寺の建物が、今にも倒壊しそうにすさまじい音を立てて震動していて、屋根から瓦《かわら》がむらがり落ち、茶色い土埃が舞いあがる。境内の樹木は、葉や小枝を散らして左右になびき、石塔や燈籠《とうろう》がつぎつぎに倒れた。

「大地震だ」

日下部の口から、うめくような声がもれた。

川路は、土埃で茶色くなった空に、おびただしい鳥の群れが狂ったように啼《な》き声をあげながら飛びかっているのを見た。

ようやく揺れがしずまり、川路は上川たちと顔を見合わせた。かれらの顔は蒼白で、眼に虚脱したような光がうかんでいた。寺から這い出した家臣や寺の者たちが、腰を落して所々に寄りかたまっている。抱き合っている女の姿もあった。

再び大地が生き物のようにゆれ、女の鋭い悲鳴が起った。門の近くの太い樹木が音を立てて折れ、くずれかけていた寺の塀がすべて倒れた。川路は、不思議にも恐怖を感じていなかった。すべての感覚が麻痺し、生れてはじめて経験する大地震なのだ、と思っているだけであった。

揺れが徐々にしずまったが、川路は坐ったまま鳥の飛びかう空を見上げていた。町の方向から、激しい潮騒《しおさい》のような音がきこえてきた。かれは、手をついて立ち上った。膝頭《ひざがしら》が今にもくずれ折れそうにふるえている。上川も日下部も立ち、周囲を無言で見まわしていた。

かすかに、町の方で甲高い人声がきこえ、それがかさなり合うように数を増した。その声に、坐りこんでいた寺の男や女が腰をあげ、町の方向に顔をむけている。叫び声が近くでもしたが、なんと言っているのかわからない。咽喉《のど》が裂けるような鋭い叫びに、なにか容易ならぬことが起っているのを感じた。

不意に、川路の耳に津波という声がとらえられた。と同時に、山が一挙にくずれ落ちるような為体の知れぬ音が、町の方からきこえた。門から男が、足をふらつかせながら走りこんでくるのが見えた。中村為弥であった。

中村は駈け寄りながら、

「津波です。そうそうにお立ちのき下さい」

と、叫んだ。

その声に、上川が走り出し、川路は、中村たちとともにその後を追った。後方から家臣や寺の者たちがつづいてくる。

上川は、寺の裏手にある山に駈けあがり、川路も急な傾斜をたどった。驟雨《しゅうう》に似た音が急速に後方から接近し、川路は今にも激浪が頭上からのしかかってくるような恐怖をおぼえた。上川がおくれ、川路はいつの間にか先頭に立って山道をのぼっていた。息が苦しく、胸がはり裂けそうであった。

やがて轟音が急に遠ざかり、かれは足をとめた。山の半ば近くまで達していた。息をあえがせながら、上川たちが川路に近づいてきた。地震の折に持ち出したらしく、書類を胸に抱きかかえている家臣もいた。

川路は、道からはずれて樹林の中に入り、町を見おろせる場所に出た。

かれの口から短い叫び声がもれ、眼が大きくひらかれた。町の周辺にある田畠は、あたかも海になったように泡立った海水におおわれ、家並の間の道も空地も潮にあらわれている。川路の周囲に立つ家臣たちの間からも、驚きの声があがった。

川路は、耕地をおおった海水が速度をはやめて海の方に引き、田畠が露出してゆくのを見た。それにともなって、湾外の海面がゆっくりとふくれあがり、それが横に長い壁のように盛りあがるのを眼にした。

海面はさらにせり上って突きすすんできて、湾口をすぎると同時ににわかに高さを増して湾内に入り、急速に陸岸にむかって走った。高々とそびえた海水が田畠の上をすぎて町の家並にのしかかった。はじけるようなすさまじい音がとどろき、土煙が一斉にあがった。家々がくだけ飛び、その上に港にあった数艘の大きな船が帆柱をふるわせながら突っこんでゆく。

その情景に、川路も家臣たちも後ずさりし、茨《いばら》をわけ、樹木の間をつたって山の上方に駈けのぼった。背後に轟音がせまり、海水が鞭《むち》のように自分の体をたたき倒すのではないか、という恐れを感じた。

川路たちは、ようやく山の頂きにたどりついた。道のない傾斜をのぼりつづけてきたので、いずれも手足に傷を負い、顔や首筋から血をながしている者もいた。血の気の失せた顔をした町の者たちものぼってきて、山頂にたどりつくと、膝をついて念仏をとなえ、女たちは泣き声をあげた。そこから町は見下せなかったが、津波は衰えをみせぬらしく、波浪の押寄せる音がくり返しきこえていた。

ようやく静けさがもどってきた。

川路は、山腹からながめた情景で町が潰滅的な被害をうけたことを感じた。多数の者が命をうばわれたにちがいなく、筒井ら応接掛や随員、奉行所の者たちの安否が気づかわれた。

しばらくして、かれは頬に血をにじませている中村とうわずった声で話し合った。津波は一応しずまったらしく、実情を知るために山をおりることになった。

家臣が、山頂に避難していた町の男を連れてきて、かれを道案内に山をくだった。しかし、男は道のない傾斜を夢中でのぼってきたらしく、ただ勘をたよりに茨をくぐり、樹林の中をくだってゆくだけであった。そのうちに切り立った崖の上に出て、男は引返し、あてもなくさ迷うように歩いてゆく。川路たちものぼってきた個所がわからず、男とともに右に左に歩きつづけた。

ようやく三町ほどくだった所で杣道《そまみち》を見出し、細い道をたどった。川路たちの手足は傷だらけになっていた。四、五町道をくだってゆくと、平坦な場所に避難した男女が寄りかたまって坐っていた。疲れきった川路たちもそこに腰をおろした。

川路の眼に、道の下方から松村忠四郎がのぼってくるのが見えた。松村は、川路の妻佐登の弟で、松村家に養子に入り、その年の三月、ペリーが下田に来航以来、勘定役として下田に在勤していた。

「御無事で……」

駈け寄った松村は涙ぐみ、川路も胸を熱くした。

松村は、最初の津波がおそってきた時にいちはやく高台に逃げて辛うじて死をまぬがれたが、次の津波で宿所にあてていた町家は流失したという。川路は、松村から下田の家屋が流失、または破壊されて潰滅し、死者も多く、惨憺たる状態であることをきいた。

川路は落着きをとりもどし、自分の立場を考えた。応接掛としてプチャーチンと談判するため下田にきて、昨日第一回会談をおこなったが、大津波の襲来によって下田は甚大な被害をうけ、明日に予定されている第二回会談をひらくことは不可能な状態にある。幕府は、下田でのプチャーチンとの交渉経過を注視しているが、異常な事態になっていることをいちはやく江戸につたえなければならない、と思った。それに、筒井をはじめ応接掛や随員が無事かどうか、プチャーチンの乗っている港内の「ディアナ号」もどのような状態にあるのか気がかりであった。

大災害をこうむった下田の町の住人たちのことも考えた。緊急に必要なのは食糧で、それをただちに町民たちに配布しなければならない。

かれは、家臣に紙と矢立《やたて》の筆を用意させると、江戸にいる勘定奉行あてに下田が津波の襲来によってプチャーチンとの第二回会談をひらける状態でないことを、立ったまま書き記した。

かれは、普請役の郡司《ぐんじ》宰助《さいすけ》をまねくと、その御用状をわたし、代官所のある韮山へ急ぎ、代官所から江戸へ急飛脚で送り、また、代官所に米を至急下田に送りこむことを要請するよう命じた。

郡司は、近くの村で裸馬を借りうけ、下田街道を韮山にむかって走り去った。

その間に、中村が走りまわって農家に話をつけ、川路たちを小さな家に案内した。川路は朝食もわずかしかとらず、また、朝食前に地震で外に飛び出した家臣もいたので、附近の農家から飯を集めた。箸はなく、川路らは手づかみでそれを口に入れた。

八ツ（午後二時）頃、筆頭随員の青山弥惣右衛門が、家臣をともなってやってきた。

青山は、その朝、村垣与三郎のいる長楽寺におもむき、村垣と話し合っていた。その折、地震が起ったが、寺は岩山に建てられていたので揺れは少く、そのうちに津波という声に本堂の外に出た。津波が町をおそうのを眼にし、荷物をはこび出して山の高みに逃げた。津波は、九ツ（正午）すぎまで七、八回押し寄せ、その中の二回はことにはなはだしかったという。

村垣の指示で、青山が応接掛の安否をさぐるため、まず長楽寺に最も近い川路の宿所である泰平寺に行った。寺の附近には、人家や舟の破壊物がかさなり合っていて、その上をふんで境内にようやく入った。寺は、押し寄せた波で床上まであらわれ、無残な姿であった。寺にもどっていた者にきくと、川路が中村らとともに裏山に避難したというので、山道をたどり、途中、川路が百姓家にいることを耳にしてたずねてきたのだという。

町の中にあった青山の旅宿は、あとかたもなく流失し、荷物も金もすべて失われ、家臣の一人が行方知れずだ、とも言った。

青山は、これから他の応接掛の宿所におもむく予定だと告げて、外へ出ていった。

その時、またも大地が激しくゆれ、川路たちは外に飛び出した。

川路は、立ったまま中村と話し合い、実情を正確に把握するため、家臣の半ばを応接掛の宿所におもむかせ、他の者を被害状況を調査させに町へ行かせることにし、ただちに出発させた。

また、自分たちの宿所を確保する必要があり、中村が近くに適当な建物があるかどうかを家臣にさぐらせた。その結果、近くの大安寺の薬師堂が被害にもあわずのこっていることを知り、川路は、そこにおもむいた。中村とかれの家臣は、近くの百姓家の六畳間で夜をすごすことになった。

中村は、家臣に命じて薬師堂に幕をはり、槍、長刀を立てさせた。

やがて、派遣した随員や家臣がぞくぞくと引返してきて、それぞれ報告した。筒井、伊沢、松本、古賀は、津波襲来とともに山へ避難し、一人のこらず無事であると告げた。ただし、津波が押寄せなかったのは、山腹にある村垣の起居する長楽寺のみで、町の伊勢町にある古賀の旅宿半田屋は流失、松本の宿所である本覚寺も損壊いちじるしく、伊沢の稲田寺は床上七、八寸が浸水したという。また、都筑の執務する仮奉行所の宝福寺も床上三尺が波にあらわれ、使用不能になっていることもあきらかになった。行方不明者については、筒井の中間一人、随員の菊地大助の家来一人、日下部官之丞の家来三人と報告され、その他、船手同心二人、奉行所手付一人が行方知れずになっているという。

下田の町の被害状況については、ほとんどの家屋が海に押し流されて平坦になっていて、わずかにのこった家屋も破壊されている、と報告した。

湾内の情景を眼にしてきた者もいた。海面は、船や家屋のおびただしい残骸でおおわれ、浮んだ家の屋根にのっている人の姿もみえ、その中に「ディアナ号」がうかんでいるという。

川路は、プチャーチンが無事らしいことに安堵した。

辛うじて死をまぬがれた町の住民たちが食物をもとめていることをつたえきいた川路は、中村と話し合い、近くの村々から米をかき集めることを命じた。さらに岡方村に御救《おたすけ》小屋を設置し、至急炊き出しをして住民に支給する準備をすすめさせた。

川路は買い集めた米二十俵を町に供出し、中村も十俵を町役人にわたした。また、伊沢、都筑両奉行も見舞金二百両を寄附し、豪商綿屋吉兵衛は土蔵の中の冠水《かんすい》した米二百俵を供出した。

その日の地震は安政大地震と称され、被害は九州から東北地方におよび、それによって起った津波の被害は甚大だった。ことに土佐国、大坂、下田がひどく、土佐国では流失三千八百八十二戸、死者三百七十二人、大坂は流失一万五千戸、死者三千で、局地的な被害としては下田が最大であった。

伊沢奉行は、幕府へ津波の被害調査報告書を提出したが、その内容は左のごとくであった。

一　家数八百七十五軒

　内

　　八百四拾壱軒　　流失・皆潰

　　三拾軒　　　　　半潰・水入

四軒　　　　　　無事之家
一　土蔵百八拾八ケ所
　内
　百七拾三ケ所　　流失
　拾五ケ所　　　　半潰・水入
一　三千八百五十壱人
　内
　男、女、小供共百弐拾二人　死人

その他、岡方村流失九十六戸、半潰・水入十三戸、柿崎村流失七十五戸であった。

町を襲った津波の高さについては、奉行所が残存した土蔵等にしるされた水位を調査した。その結果、中原町の豪商綿屋吉兵衛の土蔵に一丈六尺（四・八五メートル弱）の高さの波が激突した跡がのこされ、応接掛村垣与三郎の起居していた長楽寺下の七軒町の土蔵には一丈一尺、古賀謹一郎の旅宿半田屋には八尺八寸の高さの波が押寄せたことがあきらかになった。

川路ら応接掛は、たがいに連絡を取って被害の状況をつたえ合った。

夕七ツ（午後四時）、川路のいる大安寺薬師堂に思いがけぬ人物が訪れてきた。プチャーチンで、ポシェットら四、五名をともない、その中には医師のコロレウスキーもまじっていた。

　プチャーチンは、

「この度の大異変にもかかわらず、貴殿が御無事であることを知り、心より嬉しく思います」

と、ポシェットの通訳により見舞の言葉を述べ、森山が和訳して川路につたえた。

　さらにプチャーチンは、医師も連れてきているので怪我人がいたら治療する、と言った。

　川路は、プチャーチンに感謝の言葉を述べ、「ディアナ号」の被害状況をたずねた。プチャーチンは、死者一、負傷者四名を出し、艦に損傷も生じたが、顚覆《てんぷく》をまぬがれたことを幸運に思っている、と答えた。そして、これから筒井のもとにも見舞いに行く、と言って、薬師堂をはなれていった。

　プチャーチンは、津波発生時の「ディアナ号」の状況をくわしく語ることはしなかったが、艦は沈没の危険に何度もさらされ、乗組員たちは死の恐怖におそわれた。

　地震が起きた時、「ディアナ号」の船体も震動したが、一、二分後にはしずまった。

　しばらくすると、海面に異常な変化がみられた。海水が海岸にむかって走るようにながれはじめ、艦が再びゆれはじめた。海面がにわかに盛りあがり、それがつぎつぎに大波となって飛沫を散らして海岸に殺到し、岸にもやわれていた日本の小舟の群れを散乱させた。波はさらに高々とそびえ、町の家並にのしかかっていった。

町をおおった海水の動きが停止すると、それは素ばやいはやさで海の方に引いてゆき、壊された家屋や人間をさらい、またたく間に港内には丸太、小舟、蓆《むしろ》、着物、死体それに板や木片につかまっている者が充満した。艦に乗っていた司祭ワシーリイ・マホフは、「フレガート・ディアーナ号航海誌」にその折のことを記しているが、津波の第一波が来襲した時の艦の状態を、

「まるで渦巻の中に投げ込まれた木片のように、艦は回転し、引き裂かれ、打ち叩かれた。索具は音を立てて裂け、舷側は切れ、船体は右に左に大きく傾いた。私たちは恐ろしさのあまり身動きもできなかった！」（高野明、島田陽訳）

と、記している。

乗組員たちは、大砲の固縛と舷門、昇降口の閉鎖につとめ、第二の錨を投げた。その間に、艦のボートが波にまきこまれてさらわれた。

十分ほどして第二の大津波がやってきた。激浪が飛沫を吹き散らしながら町の奥深くまで突きすすみ、異常な速さで海の方へ引いていった。家屋はことごとく波にまき

こまれ、下田の町は潰《つい》えた。

「町のあったあたりには濃いもやが立ちこめ……湾は町の建物の破片でいっぱいになり、海の表面を歩いて渡れるほどぎっしりと詰ってしまった。漂っている破片はぐるぐる回ってねじ曲がり、土砂に混ってさらに沖の方へ流されていった。艦は渦巻の力で錨を抜かれ、あてもなく漂い始め、最初はゆったりしていたが次第に速くなって旋回し、粉ひき臼《うす》のように回り出した。三十分間に同じ地点を四十回以上も旋回した。」(同訳)

日本の小舟が、つぎつぎに艦に衝突してきた。「ディアナ号」の乗組員たちは、小舟に乗っている日本人を救助しようとして、綱を投げた。が、小舟は渦巻く海水で激しくもまれ、沈むものが多く、わずかに三州三河《さんしゅうみかわ》の舟の水主二人を救いあげたにすぎなかった。

丸太や板ぎれにつかまった者たちが、数多く艦のかたわらを沖の方にながれてゆく。手をふり声をあげて助けをもとめていたが、乗組員たちは手の出しようもなく、小舟にとりすがっていた新田町の宅左衛門の母八十余歳を救出したにとどまった。

艦が急に岩礁の方にはやい速度でながされ、激突すれば粉砕する。乗組員たちは息をのんだが、艦は岩礁の近くで停止し、回転しながら反対方向にながれた。艦長は、艦の動きをとめるために第三の錨を投げさせた。沈下した錨が海底の岩をつかむと同時に、それにひかれた艦は、激しいきしみ音を立てて左に大きく傾斜した。その衝撃で右舷に固縛されていた大砲がはなれ、左舷に勢いよくすべってゆき、水兵のソボレフを圧しつぶし、ヴィクトロフの片足をひきちぎり、さらに三人の水兵に重傷を負わせた。

またも津波が寄せてきて、錨綱が切断され、艦はもとの姿勢にもどって旋回しながら湾の中央部にながされた。乗組員たちは、沈没を覚悟して、泳ぐため次々に裸になった。さらに艦は海岸の方向にながされたが、艦の下部に生じた裂け目から海水が浸入し、乗組員たちは必死になって排水につとめた。

艦は、回転しながら湾の中を前後左右にながされ、三度傾斜したが、潮の動きも徐々にしずまってようやく停止した。午後二時であった。

プチャーチンは、それから間もなく上陸して、海岸に近い長楽寺におもむき、村垣与三郎から川路のいる場所を教えてもらい、村垣の家臣の案内で川路のもとに訪れてきたのである。

その夜、川路のいる薬師堂には高張提灯がともされ、下田警備の藩兵が交替で警護にあたった。激しい余震が時折りあって、その度に提灯がはねるようにゆれた。

翌日は、晴天であった。

川路は夜明け前に起き、家臣が近くの百姓家で炊かせた飯を手づかみにして食べた。家臣の話によると、昨夜、くり返し起った余震で港に四度にわたって津波が押寄せ、町の者たちは山の上で寝ずにすごしたという。

中村が、随員たちとともにやってきた。

川路は、今後の対策を応接掛と話し合わねばならぬと考え、まず、被害のない長楽寺を宿所とする村垣のもとに行くことにし、六ツ半（午前七時）に中村らと薬師堂を出た。

長楽寺につくと、村垣は、これから川路のもとへ行こうとしていたと言い、川路は座敷にあがって話し合った。連絡をうけていたとおり寺は津波の被害をうけず、寺の坂下にある物置においてあった家臣の駕籠が押しつぶされただけで、すべての荷物は異状がなかった。

川路は、村垣と連立って、海善寺から裏山の百姓家に避難していた筒井のもとに訪れた。

川路は筒井の無事を喜び、筒井はいつものようにおだやかな表情をしてうなずいて

いた。海善寺の門前には、津波とともにはこばれた大きな船と家屋がのしかかってい
て、寺の床上も波にあらわれていた。
川路は、本覚寺の裏山に避難しているという松本のもとに使を出し、やがて松本が
やってきて協議した。
まず、川路が発言し、応接掛をはじめ随員たちは、下田の町をはなれて近くの村に
移るべきだ、と提言した。下田の住民たちは家族を失い家もながされ、その上、食糧
もなく飲み水にも事欠いている。そのような混乱の中で川路らがとどまっていれば、
迷惑をかけるだけなので町をはなれるべきだ、というのだ。
筒井らも賛成し、移転先について奉行の都筑の指示をうけることになった。
都筑の住んでいた宝福寺は、津波の襲来で床上三尺ほど浸水し、損害は大きく、都
筑はどこに避難しているのか不明であった。が、奉行として被害状況を視察するため
町の中を巡回しているにちがいなく、川路は松本、村垣とともに都筑をさがすため筒
井のもとを辞した。
町の中に足を踏み入れた川路は、眼の前にひろがる情景に茫然とした。家並のひろ
がっていた下田の町は消滅し、海がみえる平坦な地に化している。所々に四、五百石
から千石ほどの荷船が船体をかたむかせ、小舟の破片が散っている。海からはこばれ

てきた巨大な岩石も所々にあり、地表は泥におおわれていた。

かれの眼に、多くの死体が映った。岩石の下から泥だらけの顔をのぞかせているものや、樹木の枝からたれている死体もある。泥の中から引き出された嬰児《えいじ》の死体が、陽光にさらされていた。

川路は、石の間を歩きまわり、遠く数人の役人らしい男たちが立っているのを眼にし、近づいた。都筑とそれにしたがう奉行所の役人たちであった。

都筑の顔は変貌していた。下田在勤の奉行として町が無惨な姿になったことに大きな衝撃を受けているようだった。家屋を失い死傷者も多く出た町の者たちの救済方法に、どのような手を打ったらよいか思案しているにちがいなかった。頬はこけ眼窩《がんか》は深くくぼんで、顔はどす黒かった。

都筑の顔に痛々しさを感じながら、川路は、応接掛と随員が下田の町をはなれることを口にし、適当な移住先を手配して欲しい、と依頼した。

都筑は、うなずき、伴っていた奉行所役人と話し合った。蓮台寺村、本郷村という地名が役人たちの口からもれ、都筑は、

「これよりただちに手配し、移住地がきまり次第、御案内いたします」

と、言った。

その間にも余震があって、足もとの泥がゆれた。

川路は、立ったまま松本らと話し合った。中村をはじめ随員たちも、家臣とともに移転するが、それには費用がかかる。また、津波で衣類、寝具その他が使用不能になり、それも調達しなければならない。

勘定奉行である川路は、江戸から送られてきていた御用金千両のうち二百両を中村らに下賜したいと言い、目付の松本も諒承した。その割りふりは、中村に三十両、青山弥惣右衛門と菊地大助にそれぞれ二十両、日下部官之丞、上川伝一郎に十五両ずつ、御普請役と下役に各十両、通詞たちに七両であった。

村垣が口をひらき、かれの住む長楽寺にある衣類、夜具を中村たちにあたえたいと言い、これも決定した。

「仮奉行所のことですが……」

都筑が、顔をしかめた。

仮奉行所の宝福寺は床上まで波があらい、机その他が流失したり破壊されたりして使用に堪えなくなっている。大災害をこうむった下田の救済に事務は山積していて、仮奉行所を他に移転する必要があった。応接掛として下田にきている江戸在勤の伊沢奉行と話し合った末、伊沢の宿所である稲田寺が被害が少いので、そこに移すことにし、都筑は、大安寺の普請方の旅宿を宿所とすることにしたという。

当然の処置であるので、川路たちは諒承した。

また、都筑は、「ディアナ号」に救助された水主二人と老女一人が陸岸に送り返された後、艦での扱いがどのようなものであったかを聴取したことを口にした。甲板に救い上げられたかれらは艦の医師の手厚い治療をうけ、さらに乗組員たちの手で冷えきった体を入念に按摩された。水主も老女も、その温情に涙をながし、手を合わせたという。

「われらも心得なければならぬことだ」

川路は、眼をしばたたき、うなずいた。

話し合いは終り、川路は、松本らと別れ、家臣とともに大安寺の薬師堂にもどった。

昼食は黒ずんだ粥《かゆ》で、手桶《ておけ》に入れられていた。川路は、家臣とともにそれを椀《わん》ですくって口に入れた。

奉行所の役人がきて、移転先の手配がついた、と報告した。川路と村垣は下田北方三十町の蓮台寺村、筒井、松本、古賀は蓮台寺村と下田との中間にある本郷村だという。

役人は数名の駄馬をひく男たちをつれていたが、それらは蓮台寺村の者たちであった。荷物と言っても別になく、川路は、家臣とともに薬師堂をはなれ、役人の後について下田街道を北へむかった。

蓮台寺村は、古くからの温泉地で、下田の町民たちの湯治場になっていた。川路の宿所は曹洞宗の湯谷山広台寺であった。

寺の者に丁重にむかえられ、座敷に通った。かれは、家臣たちと茶を飲み、煙草をすった。

かれは、江戸の勘定奉行あてに応接掛全員が無事で下田近郊に移り、ロシア艦も港内にうかんでいることなどを記した書状をしたため、飛脚に託した。

寺に中村と森山が訪れてきた。九ツ（正午）頃、ポシェットが上陸して長楽寺にきたので、中村と森山が応対したという。

ポシェットは、プチャーチンの代理として「ディアナ号」についての申入れをした。津波によって艦は損傷し、龍骨《りゅうこつ》が九尺ほど折れて浸水もしている。もしも、再び大津波に見舞われれば、沈没は確実になる。下田で応急修理をすれば、五十里ぐらいの航海はできるが、到底、大洋をこえて帰国することなどおぼつかない。艦側で協議の結果、下田から五十里以内の良港に入って修繕をしたいので、それに適した港を提供して欲しいと言い、明朝九ツに上陸して長楽寺で回答を得たいとも言った。

港について、ポシェットは、浦賀または清水湊、それでなければ天竜川河口の掛塚《かけづか》を希望する、と要求した。浦賀は江戸、清水湊は駿府《すんぷ》城に近く、また掛塚は、日本側の取締りが至難であるので、中村は、それら三港は提供しがたい、と答えた。その代りに、伊豆半島の最南端にある長津呂（石廊崎《いろうざき》）、半島東海岸の網代《あじろ》、稲取《いなとり》の三村の港のいずれかではどうか、とただした。

ポシェットは、下田入港の途中、長津呂を見たが、きわめて小さい港なので、「ディアナ号」を碇泊させることはできがたい、と言った。中村は、網代、稲取は、下田と同程度の大きさで、修復も可能だ、とすすめたが、見る必要もない、とポシェットはなんの関心もしめさなかったという。

川路は、ポシェットの申入れは無理もない、と思った。昨夜、四度も津波が押寄せてきて、下田では避難騒ぎがあり、浸水している「ディアナ号」では、沈没の恐れを感じたにちがいなかった。龍骨が折れて浸水している艦の修復は、かなり大がかりなものになるはずで、長津呂、網代、稲取などではできるはずがなく、浦賀、清水、掛塚のような大きな港を要求するのは当然だ、と思った。それにしても、これまで異国船が入ったことのない清水、掛塚を指示してきたことに、川路は、ロシアが日本の地勢を熟知しているのをあらためて感じ、空恐しさをおぼえた。

川路は、ポシェットの申入れは重大問題で、明朝六ツ半（午前七時）に、応接掛全員が仮奉行所に集って協議することにきめた。

中村は、各応接掛にそれをつたえるため広台寺を出ていった。

中村が去ると、夕食がはこばれてきた。米飯と野菜の煮付けで、これまで飯を手づかみにし黒い粥をすすることをつづけていた川路には、箸で口にはこぶ飯がかぎりなく美味なものに感じられた。

その夜も余震で寺はゆれ、就寝したかれは何度も眼をさました。

翌朝六ツ（午前六時）すぎに、蓮台寺村の旅宿に移っていた村垣が、家臣をともなって広台寺に来た。

朝食をとり終えて羽織、袴をつけていた川路は、村垣と連れ立って寺を出ると、新たに仮奉行所になった稲田寺におもむいた。

近くに住む伊沢政義がすでに来ていて、昨夜六ツすぎに津波がまたも押寄せ、伊沢は都筑たちと裏山に駈けのぼり、その後、深夜に三度も津波があったので山上で一夜をすごした、と青ざめた顔で言った。組頭役所は、床上二尺も波に洗われたという。

一睡もしていないかれらは、瞼《まぶた》をはらしていた。

筒井、松本が姿を見せ、中村、森山も末席にくわわった。ただし、古賀のみは、家臣ともども衣服を津波で失ったので、出席できぬという連絡があった。

評議がひらかれ、中村が、昨日、ポシェットから「ディアナ号」修復の港として浦賀、清水、掛塚三港のうちいずれか一港を提供して欲しい、という申入れがあったことを詳細に説明した。また、その申入れに対して伊豆の長津呂、網代、稲取をすすめたが、ポシェットが応ずる気配を全くみせなかったことも口にした。

伊豆の三港にポシェットが同意しなかったことについて意見がかわされたが、川路は、龍骨と舵機を破損した「ディアナ号」の修復はかなり大がかりなものになるはずで、長津呂、網代、稲取では、到底無理だろう、と言った。中村もそれは十分に承知していて、無言で何度もうなずいていた。

評議は、ロシア艦側が浦賀、清水、掛塚のうち一港を、と申入れてきたことに焦点がしぼられた。

活潑な論議がかわされ、清水湊は論外ということで意見が一致した。徳川家康が隠退して大御所として政治を統轄した駿府城が近く、その後も駿府は徳川家と密接な関係があり、城下は繁栄をきわめている。清水湊は、駿府の海への玄関口で、その港を異国に提供することは容認しがたいことであった。

天竜川の河口にある遠州掛塚の港は、艦側が要求するだけに良港だが、そこには役人が常駐していず、取締りに大きな懸念がある。龍骨を修理するには、「ディアナ号」を岸にあげて作業することになり、大砲をはじめ艦に載せられた荷物をすべて陸揚げせねばならず、その保管もひとかたではない。また、五百余人の乗組員が上陸し、宿所の確保、食料その他の支給も容易ではなく、掛塚は大混乱を呈し、それを取締るのは不可能に近い。

それに、プチャーチンは、初めから下田湊を碇泊に適さぬ港だと言っていて、掛塚を提供すれば、そこを下田に代る開港場として要求することが予想される。大名が往き来する日本随一の街道である東海道に近い地の港を開放することは、尊王攘夷思想を信奉する者たちを強く刺戟し、不祥事が起きる因になりかねない。

取締りという点では、奉行所がおかれ警備の諸藩の兵が配置されている浦賀が最も好ましいが、なんとしても江戸に近く、浦賀を修復地とすることに老中たちが強く反対することはあきらかだった。

掛塚か浦賀か、応接掛たちは意見をかわし、大勢は浦賀を、という意見にかたむいた。しかし、いずれにしても港を提供することは応接掛の判断を越えたもので、幕閣の指示を仰ぐべきであった。

川路は、応接掛の一人が事情を記した書面を手に江戸にもどり、老中たちにお伺いを立てるべきだ、と提案した。それ以外に方法はなく、村垣が今日にも出発して江戸にむかうことになった。

評議中も余震で寺が何度もゆれ、一同、口をつぐんで揺れがしずまるのを待ったが、村垣の派遣がきまった時、玄関の方で、

「津波だ」

という甲高い叫び声がし、一同立ち上って足袋《たび》のまま庭にとびおり、裏山に駈けあがった。

耳をすますと、かすかに波の寄せる音がし、やがてそれは鎮《しず》まった。家臣が山の傾斜を下ってゆき、しばらくしてもどってくると、津波は小さく、危険はない、と言った。それでも川路たちは、しばらく山腹にとどまってから寺に引返した。

評議が、再開された。

村垣が江戸へ行って幕府の指示を仰いでも、老中たちが結論を下すまでにはかなりの日数を要するはずであった。ロシア艦側では、小さくはあってもくり返し津波が押寄せていることから、一刻も早く艦の修復に手をつけたいと思っているはずで、幕閣の伺いを立てているからしばらくの猶予《ゆうよ》を……とつたえれば、激しいいらだちをおぼ

えて思いがけぬ行動に出るかも知れない。

川路たちとしては、艦側がそのような行為に走ることを事前に食いとめねばならなかった。

中村が、

「ともかく長津呂、網代、稲取の各湊をかれらに一見させることにいたしましては……。かれらは決して同意はいたしませんでしょうが、見分に日数をかせぎ、そのうちに江戸からの御下知《ごげち》もありましょう」

と、言った。

それ以外に適当な方策はなく、九ツ（正午）に上陸してくるポシェットに中村が会って、三港の視察を強くすすめることに決定した。

ポシェットの上陸の時刻がせまったので、応接のため中村が、永持亨次郎と森山栄之助とともに会見場に予定されている長楽寺にむかった。

村垣に託す老中あての書状は、川路が、筒井らの意見をききながら筆をとった。

ロシア艦がマキリカハラ（龍骨）を津波で損傷し、下田以外の港を借りて修復したいという申入れがあったが、われら応接掛も「実ニ無二余儀一次第」と考えている。

浦賀、清水、遠州掛塚のうち一港をと申出ているが、それぞれ支障があり、その中では浦賀が無難であろうという意見もある。が、「右は（老中に）伺之上ニ無レ之候而《て》は」きめられぬことなので、村垣を江戸につかわし、この書状を提出する次第である。下田の津波被害は甚大で、港が旧に復するのは、数年後と思われる。

ここまで記した川路は、筆をおいた。中村とポシェットとの話し合いの結果を、後半に記そうと考えたのである。

江戸へむかう村垣は、出立の手配をはじめた。随員の菊地大助と杉山良之助が同行することになり、村垣の家臣が宿つぎの人馬の調達のためあわただしく仮奉行所を出ていった。

八ツ半（午後三時）近く、中村らがもどってきた。

中村が、ポシェットとの会見結果を報告した。中村が艦の修復場所として長津呂、網代、稲取を視察することをすすめたが、ポシェットは、下田入港の折に見た長津呂は小さい湊で、あらためて見る必要はない、と答えた。そのため中村は、網代、稲取が下田同様の大きさで修理も可能だと説明したものの、ポシェットは全く関心をしめさなかったという。

中村は、この度の地震と津波で被害をうけた地が多く、艦の修復地も十分に調査しなければ回答はできかねるので、十日ほどの猶予を欲しい、と申入れた。ポシェットは、無理からぬことと言って諒承した。

つづいてポシェットは、艦の損傷状態を説明し、暴風によって激浪が押寄せれば沈没の恐れがあるので、艦の重量物を陸揚げさせたい、と申出た。これに対して中村は、町が大被害をうけてそれらの陸揚げ品を監視する番人を出すことは不可能であると答えたが、ポシェットは、監視は不要であると述べたので、やむを得ず承諾した。重量物とは、と問うと、大砲その他だという。

中村たち三人は、ポシェットからきいた艦内の様子について口々に述べた。浸水した艦では、食料をはじめ日用品が流失したり水に潰ったりして甚だ窮乏し、乗組員は漂流人同様になっているという。

「船が修復を終えて帰国するまで、麦、米を支給してやるべきだと思います。この旨を江戸につたえ、御送附下さるようお願いいたします」

中村は、痛々しそうな眼をして言った。

中村が、ポシェットに十日間の猶予を承知させたことは手柄で、川路たちは満足したが、十日よりも早く回答をした方が今後の会談に好影響をあたえるはずで、一日も早く老中の下知を得ることが必要だった。

川路は再び筆をとり、中村とポシェットの会見内容を記し、ロシア艦への食料送附を要請して筆をおいた。

今後のロシア艦側との接触については、中村に一任し、明日、「ディアナ号」におもむいて艦の損傷程度も見分してくるよう命じた。

村垣は、川路のしたためた書状を手に出立することになり、下田にきて以来起居していた長楽寺と昨夜一泊した蓮台寺村の旅宿の宿泊代の支払いを、随員の青山弥惣右衛門に依頼した。かれは、今夜は梨本村泊りの予定だと言って、旅装をととのえるため蓮台寺村へ去った。

その日、「ディアナ号」側から奉行の都筑に、圧死した水兵ソボレフの遺体を埋葬したいので埋葬地を指示して欲しい、という申入れがあった。

都筑は、伊沢と相談の末、海岸に近い柿崎村の玉泉寺を指定した。その年の三月、下田に入港したペリー艦隊の「パウハタン号」で水兵が高所から顚落死し、その遺体を幕府の許可を得て玉泉寺に埋葬した前例があったからであった。

奉行所の指示にしたがって、プチャーチンはポシェットら士官と柿崎村の海岸に上陸し、司祭の衣裳をつけたマホフと聖歌隊がすすみ、その後からソボレフの遺体をおさめた柩《ひつぎ》と乗組員たちがつづいた。町民たちが見つめる中を、葬列は奉行所の役人にみちびかれて玉泉寺についた。

寺の中から住職が供の僧を連れて出てくると、通詞を介してマホフ司祭に聖歌をうたうことをやめ、僧の読経によって埋葬することを申出た。しかし、マホフは、ロシア人の遺体はロシア人によって埋葬すべきである、と言って拒絶し、聖歌がうたわれる中で、柩が墓穴におろされた。

土がかぶされ、マホフが司祭の衣裳をぬぐと、埋葬を見まもっていた住職が、マホフの手をとって僧房にみちびいた。マホフの眼に警戒の色がうかんだが、住職と供の僧は、茶菓を出して慇懃《いんぎん》にもてなし、マホフは安堵の表情をみせた。

乗組員たちは、柩の埋められた個所からはなれがたいらしく長い間立っていたが、やがてプチャーチンの後について寺を去った。

翌七日、川路は、筒井とさそい合って仮泊した本郷村から立野村に移っていた古賀のもとにおもむいた。古賀から前日の寄合いに衣服もないので欠席するという連絡があり、川路も筒井もそれを気づかって訪れたのである。

迎え入れた古賀の姿に川路は、欠席も無理はない、と同情した。着ているのは寝巻で足袋もはかず、家臣たちも同様の姿であった。

膝に手をおいた古賀は、津波が来襲した折のことを低い声で口にした。かれの起居していたのは、下田の町なかにある伊勢町の半田屋で、津波という叫び声に、半信半疑ながらも家臣とともに裸足で飛び出した。高々とそそり立って突きすすんでくる波が見え、千石ほどの船が波とともに突っこんでくる。道には女や子供の泣き叫ぶ声がみち、古賀は家臣とともに大安寺の裏山を必死になってよじのぼり、辛うじて死をまぬがれた。左の掌は深傷を負ったらしく、布が巻かれていた。

川路は、胸を熱くした。古賀は屈指の儒学者で蘭学にも通じ、プチャーチンと取りかわす国書の作成のため応接掛にえらばれて下田へきている。眼の前に坐る古賀には、大学者としての姿はなく、哀れであった。

川路は、筒井とともに家臣に持たせてきた羽織、袴と衣類を畳の上におき、これを身につけて寄合いに出席なさるように、と言った。常に学者らしい毅然とした態度をしている古賀は、急に手をつくと頭をふかくさげた。肩が激しくふるえ、口から嗚咽《おえつ》の声がもれ、部屋の隅にならんで坐る家臣たちの間からも泣声が起っていた。

古賀のもとを辞して宿所にもどった川路は、家臣に命じて古賀の家臣たちにも衣服をとどけさせ、奉行の都筑も古賀に刀を贈った。

翌八日、前夜、江戸から下田に帰ってきた者の話で、江戸での地震の様子が川路のもとにつたえられた。それによると、江戸も地震に見舞われ、家屋の倒壊等の被害はなかったが、火災が起り、川路の義弟の松村忠四郎と随員の箕作阮甫の家が類焼したらしいことを知った。

川路は、家のことが気がかりであったが、昨夜、下田に入港した江戸からの船便に託された妻の佐登の書状を、九ツ（正午）頃受取った。

文字を眼で追っていった川路は、深い安堵をおぼえた。地震はかなりの強震で家族は家の外に飛び出したが、被害は全くなく、最も気づかわれた舌疽（舌癌）にかかっている養父三左衛門の病状も小康状態で、養母も孫たちもみな元気だという。ただし、佐登の弟である松村忠四郎の家は、地震によって起った火災で類焼した、と記されていた。川路は、水も恐しいが火も恐しい、と家を失った松村に同情した。

その書状がとどけられて間もなく、韮山から代官江川英龍の手代がやってきた。

手代の話によると、駿州、甲州、三州、伊豆が激震におそわれ、箱根から沼津、原、吉原、その西方まで倒壊した家が多い。津波は、伊豆半島の西海岸にも押寄せ、韮山の西方二里弱にある口野から土肥村のあたりまで家屋流失、死人が多い。韮山の反射炉は、幸い被害をまぬがれたという。

手代はさらに、江戸で品川台場築造の指揮をとっていた江川が、下田救済のため幕府に帰国願いを出して許され、江戸を出立したこともつたえた。

その日、「ディアナ号」におもむいた中村が、川路のもとに報告にきた。

ポシェットに中村は、「ディアナ号」の修理に全面的に協力することと、食料その他生活必需品を供給することをつたえた。艦の損傷を一見したいという中村の要望に、ポシェットは即座に応じ、案内してくれた。艦底の龍骨が三分の一ほど破壊されていて、そこから一分時につき水深一尺五寸の海水が浸入していた。乗組員たちは、鐘を合図に交替して、昼夜、排水につとめているという。

ポシェットは、西洋の俗言で、このような大津波は五日から十日の間に必ず再び来襲すると言われているので、その通りになった折には艦は沈没する、と悲痛な表情で言っていたという。

「困惑の態《てい》でございました」

中村は、暗い眼をして言った。

かれは、筒井にも報告するため寺を出て行った。

川路は、家臣たちを下田の町に視察におもむかせていたが、夕刻になると、かれらは寺にもどってきた。

死人の発掘がおこなわれているが、下田の土はかたく、掘る道具もないので埋葬はできず、ただ土をかけるだけだという。そのため、死臭が濃くただよい、これが夏期であったら一層ひどかったにちがいない、とかれらは顔をしかめていた。また、かれらは、町に盗賊が出没していることも口にした。海岸に流れついたものを拾い集めたり、泥にうまった衣類、調度品などを掘り起したりして持ち去る。幕臣などの具足櫃《ぐそくびつ》から金をかすめ取る者もいるという。

川路は、町が無法地帯になっているのを憂慮し、下田警備の小田原、沼津、掛川《かけがわ》の諸藩の詰所と仮奉行所に家臣をおもむかせ、町々を巡回して盗賊を召捕《めしと》るよう要請した。

しかし、直接取締りの役目を負う奉行所の反応は淡かった。同心は少年のような弱年の者をふくめてわずか十人ほどしかいず、盗む物と言っても泥まみれの衣類などで、捕えてみたところで、どうにもならないという。家臣から奉行所の態度をきいた川路は、大災害を受けた地であるからこそきびしい取締りをしなければならないのだ、と憤慨した。

韮山代官所から米が送りこまれ、罹災者《りさいしゃ》に少量ながら米が支給されはじめ、町民たちはようやく落着きをとりもどしているようだった。川路の宿所である広台寺でも、黒ずんだ飯が桶に入れられて出されていたが、その夜は、春慶塗《しゅんけいぬり》の飯櫃に白米が入れられていた。かれは、罹災者はまだ白い飯など口にできぬのだろう、と後めたい思いで飯を口にした。

蓮台寺村には、温泉の湧出地《ゆうしゅつち》に共同浴場がもうけられていて、村人たちはそこに入浴に行く。自分の家で湯浴みする習慣はなく、寺にも風呂桶はない。勘定奉行の身として浴場に行くわけにもゆかず、温泉場に住みながら、川路は湯浴みをしたことはなかった。

しかし、翌日、海岸に打ち寄せられた古びた風呂桶がはこびこまれ、寺ではそれを客殿の広縁にすえ、沸かした湯を入れてくれた。かれは、久しぶりに湯につかった。手足には、津波の来襲直後、茨をくぐって山に駈けのぼった折に出来た傷が多く、湯がしみた。広縁には、鳥の糞が散っていて、小さな風呂桶に身を入れている自分が滑稽に思えた。

かれは、戦乱の後に幕府をおこした徳川家康がこれよりはるかにひどい環境の中で湯浴みをしたにちがいない、と思った。そのような家康の苦労を察することもせず、奢侈《しゃし》をきわめる大奥の御殿女中のことが腹立たしく思えた。

川路は、勝手方勘定奉行に任ぜらると同時に、窮乏している幕府の財政建直しのため大奥の大幅な経費削減を断行すべきだという建言書を、老中阿部正弘に提出した。そのような改革案は過去に何度か出されたが、大奥は隠然とした力を持っていてそのたびに押しつぶされ、それを実行に移そうとした老中は、手ひどい報復をうけている。

そうした前例があるので、阿部はその建言書を採りあげることはしなかったが、川路は常に大奥の生活が幕府財政の大きな癌だと考えていた。かれは、御殿女中たちを大奥から連れてきて、下田の町の哀れな罹災者たちの姿を見せ、鳥の糞でよごれた広縁にすえた風呂桶で湯浴みをさせてやりたい、と思った。

その日の夕方、中村が川路のもとにきて、奇妙な話をつたえた。「ディアナ号」におもむくと、プチャーチンが、一昨夜、艦上から遠く伊豆の山に火が噴き上げるのを望見したので、もはや地震と津波が起る恐れはなく、安心なされ、と言った。理由をただすと、西洋では、元来地震というものは地中にある火気が動くことによって起るという説があり、その火気が地中からもれて拡散したから地震はないのだ、とプチャーチンが答えたという。

「たしかにその夜、町の者たちの中には光る物が飛ぶのを見たという者が多く、西洋でそのように言われているのなら、使節の申すごとく、地震も津波もないと思われます」

中村は、プチャーチンの言葉を信じているようだった。

川路も、プチャーチンが西洋の地学の学説にもとづいてそのような言葉を口にしたのだろうから、地震も津波も終熄《しゅうそく》したにちがいない、と思った。

翌十日五ツ（午前八時）、仮奉行所で応接掛と随員の打合せがおこなわれた。その席で、都筑奉行が江戸から下田に入港した船で、幕府の下田町民救済の米千五百石と二千両が送られてきたという報告をした。その朗報に、川路たちは喜んだ。

早速、米と金の支給方法について協議した。

都筑が、書面を眼にしながら罹災戸数を説明した。下田では八百七十五戸中、無事であったのは四戸のみで、八百四十一戸が完全に流失し、三十戸が水入り半潰。岡方村では九十六戸が流失、十三戸が水入り半潰、柿崎村は七十五戸が流失していて、流失戸数千十二戸、半壊水入り四十三戸であった。また、死者は百二十二人であった。

二千両の金をどのように支給するか。中村が算盤《そろばん》をはじき、死者一人につき大人、子供の別なく一貫文ずつをあたえることにきめた。ついで、家屋を失い、または半潰水入りをした家族に対する扱いについて意見がかわされ、流失家屋については一戸につき金三分、半潰水入りには二分を支給することに決定した。

米については、韮山代官所から送られた分もあわせて下田の所々にもうけられた御救小屋で罹災者に配給することになった。

川路は、遠州方面の被害状況をしらべさせるため普請役を派遣していたが、その調査結果を披露した。沼津、吉原、由井、江尻、清水、駿府、掛川は地震で家屋がほとんどつぶれ、吉原、江尻、清水では火災も起った。また、箱根、三島では家屋がのこらず倒壊した。こうした被害のため、東海道は吉原宿より以西は旅ができぬ状態だという。

その報告に、一同、被害が甚大で、しかも広範囲にわたっているのを知った。

協議は終って散会し、川路たちはそれぞれの宿所にもどった。

昼食をすませた頃、中村が川路のもとにやってきた。ロシア艦側では、早くも江戸から入港した船に米が積載され、それが陸揚げされているのを眼にしたらしく、食料についての申入れをしてきた。ポシェットの説明によると、船に貯蔵されていたパンの大半が水びたしになり、後十日もたてば食料は尽きる。パンの原料である小麦粉を多量に買いつけたいので、手配して欲しいという。

中村は、通商は許可していないので売ることはできず、無償で提供すると答え、さらに必要量を書面で提出して欲しい、と告げたという。

川路は、中村の措置《そち》を妥当だ、と認めた。

また、中村は、江戸からの船便で窮民に対する個人からの見舞いの米が送られてきたことも口にした。浦賀詰の与力田中簾太郎《れんたろう》から米十俵が、また天野伴蔵《ばんぞう》から白米五百俵、鍋百七十六個、ふとん五百枚が送られてきたという。天野は、品川沖台場の築造請負人の一人で、南伊豆や下田の武山等から伐り出した多量の石材を下田港から積み出していた関係で、そのような見舞品を贈ってきたのである。また、地元の石井村の万屋清兵衛と関口長右衛門も、連名で二十俵を町に寄附したという。

その話に、川路は、すでに米二十俵を下田の窮民見舞いとしてわたしてあったが、それだけでは不十分な気がして、家臣に遠くの村々をまわって味噌二十樽を買いつけ、下田町、岡方村、柿崎村にわたすよう命じた。

その日も、かれは、家臣をともなって被災地を巡視した。遺体を掘り起す者もいれば、海岸に寄せられた遺体を戸板にのせてはこぶ者もいて、町には堪えがたい死臭がただよっていた。

蓮台寺村にもどると、用人の富塚順作が中間の吉蔵をともなって寺で待っていた。江戸の自宅から見舞いにきたのである。

川路は、富塚から家族のことをききたかったが、江戸からの御用状が二通とどけられていて、その余裕はなかった。一通は、老中から応接掛及び下田奉行あてのもので、下田が潰滅したことで会談地が他の地、たとえば浦賀に移されることを老中たちが懸念していると記されていた。あくまでも会談地は下田とし、寺を手入れしたり仮の建物等を建てたりしてそこを会談場にするよう指示していた。

他の一通は、勘定奉行石河政平と松平近直から川路あてのもので、「下田に於て應接の件」と表書きされていた。内容は、老中からの書状と同様で、どの地も地震、津波の被害を受けているので下田で会談を続行すべきである、と記されていた。また、諸経費が必要であるだろうから、その手当は十分に用意していること、応接掛、随員の衣類等は、下田の御用商人丸屋源兵衛からそうそうに送りとどけるよう命じてある、とも書きそえられていた。

川路は、書状を受けとった返事を書き、家臣にその御用状を筒井らに回送することを命じた。

それらのことをすませた川路は、ようやく富塚を座敷にまねいて江戸の事情をきいた。最も気がかりなのは養父三左衛門の病状で、妻の佐登からの書状では小康を得ていると書かれていたが、富塚は、三左衛門の痛みが激しく、横になったまま苦しんでいるという。

佐登は、大役を仰せつかった川路を心配させぬためそのような手紙を書いたにちがいなく、富塚の言葉に川路は表情をくもらせた。

すでに夜もふけていて、かれはふとんに身を入れた。

翌十一日も空は青く澄んでいた。

阿部正弘から、応接掛と下田奉行に対する見舞い状が送られてきた。将軍家定も下田の災害に心を痛め、さぞ難儀しているであろうと、内々に筒井、川路、伊沢、都筑両奉行に羽織と八丈縞《じま》三反、松本、村垣、古賀に羽織、八丈縞二反の下賜を指示したという。

川路は、家定の温情に涙ぐんだ。

また、それと前後して老中から、かさねて会談とロシア艦の修理を下田で行うことを指示する御用状が送りとどけられた。

翌日は曇天で、富塚が江戸へ帰ることになっていたが、従者の吉蔵が昨夜から急に風邪をひきこみ、吉蔵はのこることになった。

川路は、前夜、ふとんに入ってから子や孫たちのことをあれこれと考え、かれらの教育について佐登に指示する書簡を富塚に託そうとして、早朝に起きると筆をとった。

昨年六月から七月にかけて海岸防備状況を見分するため歩きまわり、十二月には雪中を長崎にむかって木曾路を急ぎ、本年は津波騒ぎに遭っている。このように役人の勤めは苦労が多く、万事に私の苦労を思って出精《しゅっせい》すべきである。

役人の子がだらしがないと言うのは、親の躾《しつ》けがあやまっているからである。家がゆたかになっているので、親が子の愛にひかされて贅沢をさせ、子供も贅沢になれて、親が貧しかった時には到底手にできぬものを容易に手にし、そうした奢《おご》りが身を亡す。この一文を、佐登から子たちによく読んできかせるように……。死亡した長男弥吉（彰常）は、太郎、敬次郎の父だが、物を欲しがったり、奢りの気持など一切なかった。佐登に言っておくが、太郎、敬次郎を可愛いと思うなら、すべてを質素にすることに徹し、不自由な生活をさせるべきである。弥吉の平常の生活態度を、佐登から太郎、敬次郎に話しきかせるよう申付ける。

そこまで書いて、川路は筆をおいた。連日のように下田に行って、家族を失い御救小屋でわずかな粥をわけてもらっている人々を見ているかれは、子や孫にこの窮状を眼にさせたかった。

かれは、日常、質素倹約を家族にもきびしく課していた。一般に、役人の家庭では、とかく子や孫に対する愛情からせがまれるままに物を買いあたえ、衣食も贅沢になっている。その奢りに子や孫はなれて、それが結局は身を亡ぼすもとになる。貧しい家に生れ、小身の家の養嗣子となった川路は、勘定奉行という幕府の重臣の位置に身をおくようになったが、常に貧しい時代のことを忘れず、子や孫にもその気持をうけつがせて、節度ある人物として国のために働いて欲しかったのだ。

また、かれは、津波で身の廻りの物をほとんど失ったので、最低限のものを佐登から送らせるためそれらの品々を書きとめた書面も、富塚に渡した。

富塚は、その書状を手に、寺を出て行った。

吉蔵は、寺の一室で病臥《びょうが》していた。咳がはなはだしく、発熱もしていて顔は赤らんでいた。

川路は、家臣に命じて医者を呼び、治療をうけさせた。医者は、風邪が流行っていて、命を落す者もいる、と言った。

その話に、川路は、自分も応接掛を引受けている間は風邪をひかぬよう心掛けねばならぬ、と考え、夕方、予定していた湯浴みをやめた。客殿の広縁にすえられた風呂桶の湯につかると、そこは風が吹きさらし、戸板でかこってみてもいっこうに役に立たず、寒いことかぎりない。そんな湯浴みをすれば、必ず風邪をひくにちがいなかった。

その日は、下田にきてから初めてと言ってよい寒さで、かれは部屋の火鉢に炭をいけてもらった。

昼食後、中村がきて、津波の災害で延期されていた第二回会談を明日ひらきたいという申出が、ロシア艦側からあったことをつたえた。

無理からぬことであるので、川路は、明日八ツ（午後二時）より玉泉寺でひらくことをロシア艦側に回答するよう指示した。

第一回の会談場は福泉寺であったが、建物が小さく、それよりも設備のととのった玉泉寺の方が好ましかった。

中村は、それをロシア艦側につたえ、応接掛にも連絡する、と言って去った。

当然、会談では北辺の地の国境問題が討議の対象になる。千島については、前回の会談でプチャーチンが、エトロフ島以南を日本領と確言しているので問題はないが、樺太の国境問題について激しい討議がかわされることが予想された。

この件については、樺太国境画定調査のため樺太の現地踏査をした村垣が応接掛にえらばれていたが、村垣は、六日前に江戸へ去っている。川路は、明日の会談をひかえて村垣と打合わせをしたかったが、村垣にまさるとも劣らぬ松本十郎兵衛が応接掛としてくわわっていることが心強かった。

松本の祖父秀持は、蝦夷図取調掛として樺太調査に関与し、松本も蝦夷、千島、樺太方面のことにはやくから関心をいだいて豊かな知識を身につけ、探険家の松浦武四郎を庇護し、下田にも松浦を従者として連れてきている。松浦は、蝦夷、千島を踏査し、八年前の弘化三年には、樺太詰となった松前藩の医師西川春庵の下僕という名目で樺太にわたり、東海岸の調査団にしたがってマーヌイまで達した。そこから川を遡《そ》航《こう》して西海岸のクシュンナイ（久春内）に出て、樺太南端の白主《しらぬし》まで南下し、クシュンコタン（大泊）にもどった。文人である松浦は、その調査結果を日誌に記し、川路もそれを眼にしていた。

川路は、松浦を連れてきている松本に国境画定問題について意見をきいておきたかった。

かれは、松本にすぐ広台寺にくるよう家臣をその宿所におもむかせた。やがて松本が、家臣をともなって寺にやってきた。

向い合って坐った松本に、川路は、明日の会談で樺太国境の画定問題の談判についてどのような発言をすべきかを問うた。

松本は、これまで日本側がどのように樺太を積極的に踏査したかという歴史的事実を前面に出すべきだ、と答え、それをよどみない口調で述べた。

あたかも松本の祖父秀持が蝦夷図取調掛をしていた享和《きょうわ》元年（一八〇一）、幕命をうけた小人目付高橋次太夫と普請役中村小市郎が樺太にわたり、高橋が西海岸をウショロまで、中村はナイブツまで踏査し、引返している。また、それから七年後の文化五年には、村垣与三郎の祖父定行が松前奉行をしていた折、定行は幕府の許可を得て調役下役元締松田伝十郎と雇の間宮林蔵に樺太踏査を命じ、二人は樺太にわたった。松田は西海岸を北上して、ナッコからノテトをへて対岸の沿海州の黒龍江の河口をのぞむラッカ崎まで達した。また、間宮は東海岸をシンノシレトコ岬まで北上し、波が荒いため引返し、マーヌイから西海岸に出てラッカ崎にいたり、松田と会って共に引返した。

さらに間宮は、樺太に再び渡海し、トンナイで越年してラッカ崎をすぎて北上し、樺太北端に近いナニオーにいたった。そこで食料が欠乏してノテトに引返し、その地のギリヤーク人とともに海峡を横切って対岸に達した。そこから黒龍江をさかのぼって満州の仮府デレンに着き、七日間滞在後、帰途についてノテトから引返した。その間、間宮は地勢を概測し、風俗人情をしらべるとともに、大陸の半島とされていた樺太が島であることをあきらかにした。その踏査結果は、「東韃《とうだつ》紀行」「北蝦夷図説」「満江分図書」「北夷考証」などの記述となっている。

「これらの者たちの踏査記録であきらかなことは、樺太で出会ったのは蝦夷（アイヌ）、山靼《さんたん》人、ギリヤーク人などで、ロシア人には一人も会っておりませぬ。それなのに、樺太がロシアの領土などと申すのはまことに不可解です。久春古丹には松前藩の勤番の者が駐在し、運上屋《うんじょうや》もうけられていて、樺太の大半は日本領と考えてしかるべきと存じます」

松本は、断言するように言った。

「大半と言うが、国境をさだめる位置をどこにすべきだと考えるか」

「黒龍江の落ち口をのぞむ地点……」

松本は、即座に答えた。

川路は、頰をゆるめた。高橋と中村が樺太踏査をしたのは五十三年も前で、その後、松田と間宮が樺太北端近くまで調査をし、間宮は黒龍江を遡航までしている。これらの旅でロシア人の姿を見なかったことは、樺太をロシア領とするプチャーチンの主張を根底からくつがえすことになる。さらに、その踏査のいずれも、応接掛の松本、村垣の祖父がそれぞれ蝦夷図取調掛、松前奉行として深く関与していたことは、討論の上できわめて有効で、プチャーチンを圧伏させることができるにちがいなかった。

川路は、松本と打合わせをしたことを幸いに思った。

「松浦武四郎は、どうしておる」

川路は、松本の顔に眼をむけた。

「朝早くから夕方まで歩きまわっており、もどりましてからなにやら夜おそくまで書きものをしております。明朝、出立し、下田街道は通らず、伊豆の東海岸を歩いて江戸に帰る由です」

松本の顔に、かすかに笑いの表情がうかんだ。

すでに、暮色が濃く、家臣が部屋に入ってくると、行灯に灯を入れた。


早めに昼食をとった川路は、家臣をともなって広台寺を出ると、道をたどって下田の町に入った。

海岸ぞいの柿崎村に足をふみ入れるのは初めてで、村の家々は一戸のこらず流失し、荒涼とした地になっている。所々に濡れた衣類や寝具が干され、異様な死臭がただよっていた。前面に港がひろがり、犬走島の近くに「ディアナ号」が見えた。

玉泉寺に行くと、伊沢と中村らがいて、やがて筒井、松本が、少しおくれて古賀が姿を見せた。

しばらくしてプチャーチンが、ポシェットらとともに到着し、客殿で川路らは積みかさねた畳の上に坐り、プチャーチンたちは、持参の椅子に腰をおろした。

第二回会談がひらかれ、まず北辺の地の国境画定問題の討議に入った。

プチャーチンが発言し、エトロフ島は日本領であることを諒承する旨をあらためて述べ、

「樺太の地については、日本の所属は南部のアニワ湾附近のみで、それ以外の北方地域はロシア領と心得ている」

と、言った。

その言葉を待っていたように、川路が口をひらき、

「エトロフ島が日本に所属していることは申すまでもないことであり、樺太についてはアニワ湾から黒龍江の落口をのぞむあたりまで日本領と心得ている」

と、断定的な口調で言った。

ポシェットの通訳で川路の言葉をきいたプチャーチンの顔に、意外なことを耳にしたような驚きの色がうかんだ。

川路は、よどみない口調でその論拠を説明した。

五十三年前（享和元年）に高橋次太夫と中村小市郎が幕命によって樺太を調査、ついで七年後には松田伝十郎と間宮林蔵が樺太の黒龍江河口をのぞむ地点まで踏査し

た。さらに間宮は、翌年、樺太北端に程近いナニオーに達し、その地の住民とともに海峡をこえて黒龍江をさかのぼり、満州の仮府のおかれたデレンまで達して帰途についた。その間、ロシア人に一人も出会うことはなかった。

「高橋、中村の調査には、ここにおる松本十郎兵衛殿の先代伊豆守秀持殿が、蝦夷図取調掛として関与なされた。また、松田、間宮に踏査を命じたのは、只今、江戸に行っている村垣与三郎殿の祖父淡路守殿で、当時、松前奉行であられた」

プチャーチンをはじめポシェットらは、川路の顔を見つめた。その顔には血の色が失われていた。

「それらの綿密な踏査によって、樺太は黒龍江の落口をのぞむ地まで日本にぞくしていることは明白です。使節がそのあたりをロシア領などと申されるが、全くいわれのないこと」

川路が自信にみちた態度で言うと、プチャーチンの眼に動揺の色がうかんだ。古賀は日記に「峩使（プチャーチン）色大沮（はなはだしく顔色をうしなう）」と記しているが、プチャーチンは、思いがけぬ川路の言葉に狼狽したのである。

かれは、ポシェットと低い声で言葉をかわし、川路に落着きをうしなった眼をむけると、

「この件については、とくとわれらも熟考し、その上であらためて討議いたしたい」

と、言った。

「よろしきように」

川路は、ゆったりした態度で諒承した。

プチャーチンらも川路たちも、無言で眼の前にある茶碗に手をのばし、茶を飲んだ。

ついで、プチャーチンが開港場についての討論に移りたい、と提議した。長崎での会談で、ロシアの船が開港された港に入った折には船が必要とする薪、水、食料、石炭等を日本側がわたすことが確定していたが、それらの品の代金支払方法について話し合われた。

川路は、金、銀で支払うのが原則だが、やむを得ない場合には品物でもよく、ただし遊戯具の類は相ならず、わが国で必要とする物にかぎる、と主張した。

「貴国で必要な品とは」

プチャーチンが、問うた。

「第一に金、銀または鉄砲、革類、布類、薬種等」

筒井が、答えた。

「それでは漠然としてわかりかねる。どのような品が不必要か御指示いただきたい」

と、プチャーチン。

筒井は、

「時計、オルゴル、硝子《ガラス》の類《たぐ》い等は不要」

と、答えた。

川路は、

「わが方で好ましくないと思う物は受取らないが、時計、オルゴルがよろしくない品と申すわけでは決してなく、今後、軽々しい遊戯具などが支払いの品となる弊をふせぐために、かくのごとく申す次第である」

と、言葉をそえた。

この支払方法に関連して、プチャーチンは、品物の自由な売買、つまり通商をおこなうことを条約の一条として成文化したい、と要求した。

川路は即座に拒否し、プチャーチンは、日米和親条約にその一条があるのだからロシアにも許すのが当然だ、とせまった。が、川路はアメリカとそのような取りきめはしていない、と拒否の姿勢をくずさず、激しい応酬がかわされた。

論議は平行線をたどり、結局、この件は後日あらためて討議することになり、プチャーチンは、日本に居留することになるロシア人の取締りと阿片《アヘン》の輸入を防止するため、開港場に領事官吏を常駐させることを主張した。これに対して筒井は、阿片がわが国に輸入されている事実は全くなく、そのためにロシア官吏をおく必要はない、と、拒絶した。

プチャーチンは、日米和親条約で十八ヵ月後に領事官吏の駐在を許すと取りきめているのに、ロシアには許可せぬというのは理解に苦しむ、と追及した。

和親条約では、十八ヵ月後にやむを得ない事情があった場合には領事官吏をおくこともできる、とされていて、川路は、その条項を説明し、

「十八ヵ月後に討議して駐在させるか否かをきめるとしてあるというのは、未だ許可していないことであり、貴国にそれを許すわけにはまいらぬ」

と、反論した。

プチャーチンは、

「貴殿ら応接掛は全権としてなにごとも決議できるお立場にありながら、それにも限界があるような御様子。当方は回答をお待ちする故、幕府にお伺いを立てていただきたい」

と、強い口調でせまった。

「その件は、かねてわれらは幕府より許可せぬよう命じられており、お伺いを立てても益なきことである」

川路は、突き放すように答えた。

ポシェットの通訳でその言葉をきいたプチャーチンの顔はゆがみ、無言で川路に鋭い眼をむけていた。

重苦しい長い沈黙がつづき、やがてプチャーチンが口をひらいた。

「領事官吏駐在の件を論ずる要もないと申されたが、それではもはや私も条約について一切申し上げぬ」

プチャーチンの眼には、憤りといらだちの光がうかんでいた。

背をまるめて坐っていた筒井が、

「貴殿が来航されて日露両国間の条約を取りきめたいという申入れがあった故、われらもこのように談判におよんでおる次第である。しかし、もはや条約取りきめについて一切申し上げることはないと申されるなら、当方にても致し方ない」

と、つぶやくように言った。

険悪な空気になって、双方かたい表情をして口をつぐんでいた。これによって談判は決裂するかと思われたが、プチャーチンは、

「両国が討議を今後も持続できるようにと願い、かく申した次第で、私がこのまま引き上げては両国の絆《きずな》も断ち切られてしまいます。この件は、一応貴殿方も再考していただきたい」

と、言った。

川路は、

「当方も考えてみることにいたしましょう」

と、答えた。

ついで川路は、

「この度の天災で貴艦が破損したことを幕府はふかく憂慮し、この下田港で修復するようにとのことです」

と述べ、ロシア艦修復の件に議題を移した。

プチャーチンは、幕府の配慮に感謝の意を表しながらも、下田では修復が不可能であることを詳細に説明した。修復するには、「ディアナ号」の船体を海岸に引きあげ、破損したマキリカハラ（龍骨）を取り替えねばならない。下田港は風波が強く、海岸に引きあげた船体をつなぎとめた綱が切断する恐れが多分にあり、綱が切れればたちまち艦は破壊する。

「今日なども、艦底の浸水個所に帆布をあててようやく凌《しの》いでいる有様で、とてもこの港では修繕などできませぬ」

プチャーチンは、悲痛な表情で首を激しくふった。

幕府からは、下田が潰滅してはいるが、ロシア側との交渉地はあくまでも下田で、とくり返し指示してきている。当然、幕府は艦の修復も下田でおこなわせるべきだ、と考えているはずであった。

川路は、

「貴艦がマキリカハラをそこねるという思いも寄らぬ不幸にあい、われらは出来得るかぎりの助力をいたす心づもりです。艦の修復には、乗組みの方々を下田の町に上陸させねばならぬことと存ずるが、それについては、貴使節をはじめ士官の方々にはこの玉泉寺を、その他乗組みの者たちには漁師の家々をお貸し申す。このような例なきはからいをいたしますこと故、なんとしてでもこの地で修復をいたしていただきたい」

と、言った。

プチャーチンは、到底下田での修理はできがたい、とくり返し、浦賀、掛塚等の貸与をかさねて要求した。

筒井は、すでに夕刻になり、応接掛も遠方に旅宿いたしておるので、また明日四ツ(午前十時)に会い、会議をひらきたいと述べ、プチャーチンも諒承して散会した。

プチャーチンらは、ボートが待つ海岸に去ったが、川路ら応接掛と随員たちは、仮奉行所の稲田寺にむかった。会談中に仮奉行所から、江戸よりの御用状と書簡二通が到来しているという連絡があったからであった。

稲田寺についた川路は、御用状をひらいた。それは阿部正弘から応接掛一同にあてたもので、江戸に到着した村垣与三郎から聴取したロシア艦修復場の件に対する下知であった。

内容は、ロシア艦修復に下田は不適である由だが、力をつくして下田で修復させるよう説得せよ、と指示していた。しかし、ロシア側がなんとしても承服いたさぬ折には、好ましからぬ儀ながら、伊豆の妻良《めら》、子浦《こうら》の海浜で修復させること。その折には乗組みの者どもの上陸も許すが、宿所を柵、矢来、幕等でかこい、遊歩、測量等の国法にそむくことは厳禁する。

この措置は、地震、津波という非常の天災のための特例として許可するもので、今後、妻良、子浦に決して船を乗入れぬよう、ロシア側から証書を取っておく。もっとも船の修復に入用な品々、食料等は願いのとおり下げわたすよう取りはからうこと。

御用状とともに到来していた書簡の一通は、十一月十日に江戸についた村垣からのもので、登城して老中、若年寄、海防掛一同列座の中で委細を報告し、また阿部をはじめ海防参与徳川斉昭、大目付、小目付にも会って下田の実情をつたえたことが記されていた。

他の一通は、筒井、川路あての村垣と勘定奉行松平近直、石河政平連署の書簡で、村垣の報告をもとに協議した幕府の結論をつたえるものであった。その書簡には、松平近直と村垣が、登城した徳川斉昭に会った折のことが記されていた。村垣が、下田の実情を説明し、筒井、川路ら応接掛の間ではロシア艦の修復地として浦賀を提供するのもやむを得ないという意見があったことをつたえた。斉昭は、即座に浦賀は断じて相成らず、これは御老中方も同意見である、と強い口調で言った。すでに斉昭は、老中たちとこの件について話し合い、その席でもしもロシア艦が浦賀にきたなら焼討ちにすべしと発言し、老中たちを呆然とさせた。また斉昭は、ロシア艦を下田で応急修理して長崎に回航させ、そこで修復させるように、と提案したが、回航は不可能で、その意見は採用されなかったという。

書簡には、下田で修復させることを力をつくしてロシア艦側に説得するように、と記され、最後に村垣とともに江戸にきた随員の菊地大助を下田へ出立させるので同人から委細を聞いて欲しい、とむすばれていた。また、附記として、村垣はしばらくの間江戸にとどまるよう阿部から命じられたことも記されていた。

　これらの御用状と書簡を眼にした川路は、その日の会談であくまでも艦の修復を下田でと主張したことが、幕閣の意向とも合致しているのを知った。

　それにしても、ロシア艦を焼討ちにと老中たちの前で斉昭が言ったということに、川路は斉昭らしい、と思った。気性が激しく、言葉だけではなく実行しかねない無謀きわまりない発言だが、海防の役目を負う者の中にそのような強硬な意見をもつ者が一人ぐらいいた方が、外圧をはねつけるのに有効だ、とも思った。

「ロシア使節は、今後、条約について話すことは一切しない、などとはなはだ立腹の態で、どうなることかと肝を冷やしました。川路殿は大分手きびしくやりましたな」

　松本が、笑った。それをうけて伊沢が、

「筒井殿も筒井殿で、話すことをしないと言うのなら、それも致し方あるまいと申されれ、まことに胆のすわったお答えぶり」

　と言うと、一同大いに笑い、筒井も細い眼をしばたたかせ口もとをゆるめていた。

　かれらは、提灯を手にした家臣とともに、それぞれの宿所へもどっていった。

翌十四日四ツ（午前十時）に川路たちは玉泉寺に集り、やがてやってきたプチャーチン一行と第三回の会談をおこなった。

プチャーチンは、箱館等の開港場のロシア人住居の建築、重罪をおかしたロシア人に対する裁判権をロシア側がつかさどること、領事館建設等について協議を申入れたが、川路は、領事官吏の駐在が決定していないのに協議することは無意味である、とその申入れを拒絶した。

ついでプチャーチンは、かさねて下田が開港場として不適で、他の港を開港して欲しいという申入れをし、その件について討議がおこなわれた。

プチャーチンは、嘉永五年（一八五二）六月二十四日、ロシア艦が下田に入港して日本人漂流民をわたして去ったが、その艦の報告で下田が岩礁多く波の荒い港であることを知った、と述べた。大坂に入港後、大坂城代から長崎または下田へ回航するよう指示され、下田は好ましくない港とは承知しながらも、長崎より江戸に近く便利と考え下田港に入った。はたせるかな、港は強い風波にさらされ、碇泊が困難で、何度も碇泊位置をかえねばならず難渋をきわめている、と訴えた。

これに対して川路は、下田が良港であることを力説し、

「航海術にすぐれたアメリカ人が、下田を見分して良港なりとして開港場とさだめ、

また、わが国の諸廻船もことごとく入津《にゅうしん》している場所である故、ここを開港場とするのが妥当である」

と、ゆるぎない態度で答えた。

筒井は、

「下田をアメリカもオランダも開港場ときめておるのを、貴国のみとやかく申されるのはいわれなきこと故、幕府がお聴きとどけあるわけはない」

と、言葉を添えた。

プチャーチンは、アメリカ人がなぜ下田を開港場とするのを承諾したか理解に苦しむ、ときびしい口調で言ったが、川路は、

「アメリカ人が下田を見分にきたのは、本年二月二十五日で、その頃、大嵐もあったのになにも不満を口にすることはなかった。それを貴国のみかれこれ申されるのは、いかなる次第か」

と、詰問した。

プチャーチンは、

「私は、水師提督の職にあり、海軍は船の安全を第一といたしていて、このような港を開港場ときめては役目がはたせませぬ。しかし、貴殿方が強く拒否なされ、これ以

上たってと申上げるのも不本意故、書面を差出しますので幕府にお伺いを立てて欲しい」

と、要求した。

「書面を差出されても、幕府が承知する筋合いのものではなく、益なきこと。さりながら、たってと申されるなら、書面を江戸に送り、お伺いを立ててみましょう」

川路は答え、下田代港についての協議を一応終えた。

ついで、前日討議された領事官吏常駐のことが、再びプチャーチンから議事として上程された。

「領事官吏駐在のことをお聞きとどけ下さらぬと申されては、いかように条約を取りきめても詮なきこと。私のこれまでの丹精《たんせい》も水の泡になります」

プチャーチンの眼にいらだちの色が濃くうかんだ。

筒井がプチャーチンに、

「領事官吏駐在のこと、決して相成らずと申しておるわけではなく、申される御趣旨もよくわかります。しかし、わが国の開国はそれに応じた手順があり、まだそれを容認するまでにはいたっておらず、追って討議することもあると存じます」

と、おだやかな口調で言った。

「領事官吏駐在とそれに附随したことを取りきめずに、なんの面目あって帰国できましょう。昨日、この件に関して幕府にお伺いを立ててもお採りあげにならぬと申されたが、それでは今後、いかようなお心づもりであるのか、おうかがいしたい」

と、プチャーチンは甲高い声で言った。

「アメリカとむすんだ条約の条項を考え、十八ヵ月後にあらためて討議することにいたしましょう」

筒井が、柔和な眼をして結論を出すように答えた。

プチャーチンのいらだちはさらにつのり、体を落着きなく動かすと、

「十八ヵ月と申すと来年八月頃になりますが、わがロシア国からは使節を来年日本に派遣する予定はなく、明後年の春になります。としますと、明後年に使節がきて協議しなければならず、なんとしてもこの度、取りきめておきたく……」

と、言った。プチャーチンは、その年の三月三日（西暦一八五四年三月三十一日）に調印された日米和親条約の領事官吏についての条項をもとに、十八ヵ月後を来年八月頃としたのである。

「あまり思いつめることなく、そのうちに自然にすべて妥協点に達する場合もあるにちがいなく、その時期までしばらくお待ちいただきたい」

川路は、受けながした。

プチャーチンは、その件の成文化を執拗《しつよう》にもとめたが、日本側は応じなかった。

筒井は、領事官吏駐在の件をのぞいてたがいに歩み寄って条約締結に努力したいと提案し、プチャーチンも今後の折衝を中村為弥とポシェットに委任することで諒承した。

プチャーチンは、

「祖国を出てからすでに三年、日本近海には一年余もおりますので、一刻もはやく帰国いたしたく存じます。貴殿方のお考え次第で帰国もできることであります故、なにとぞ御配慮のほどお願いいたしたい」

と、感慨ぶかげに言った。

川路はうなずき、

「私どもに於ても、少しでもはやく条約締結に漕ぎつけ、江戸に帰りたいと存じております」

と、答えた。

それにて散会となり、双方挨拶をかわして仮奉行所を出た。八ツ半（午後三時）すぎであった。

川路の起居する広台寺は山ぎわに建てられた古寺で、北向きなので陽光がさすことはなく、寒い。障子は黄ばんで所々やぶれ、風が吹きこむ。夜になると狐の啼き声がしきりにきこえた。

村は米がとぼしく、川路をはじめ随員がにわかに移住してきたので、村に米は絶えた。川路たちは江戸から送られてきた米を口にできたが、川路は随員と家臣に一菜かぎりの令を下した。汁はなく、小さな油揚ひと切れなどを菜にして食事をする。粗食を常としてきた川路は、そのような食事でも平気であった。

「ディアナ号」では、数日前から大砲その他の備品を陸揚げし、ボートの修理などをしていた。随員たちは、朝早くから村をはなれて下田にゆき、帰ってくるのは九ツ(午前零時)前後であった。

十一月十六日は珍しく雨で、前日の夜、村垣にしたがって江戸におもむいていた菊地大助が帰着し、川路のもとに報告にきた。

老中の中には、ロシア艦の修復地を浦賀にするのもやむを得ないとする者もいたが、徳川斉昭の強硬な意見にその声はたちまち消えたという。

菊地は、ロシア艦に対する幕府の見舞品もはこばせてきていた。すべて食料品で、あひる百羽、素麺《そうめん》五箱、芋《いも》十貫匁《もんめ》、葱《ねぎ》二俵、大根五百本、人参《にんじん》五百本、鶏卵千個等であった。

川路は、島碕《しまざき》秀三郎にそれらをロシア艦にとどけるよう命じた。

しばらくしてもどってきた島碕は、プチャーチンが見舞品を非常に喜んでいたことを報告するとともに、写真鏡の前に立たされたことも口にした。贈物を受け取ったプチャーチンは、川路様には大恩になっているので、その姿を写真にうつしたいと願い出たが、お聞きとどけ下されなかった、と言った。なにもむずかしいことではなく、試みに貴殿をうつしたい、と言って、尻ごみする島碕を写真鏡の前に無理に立たせて撮影したという。

「ポシェットの話によると、その鏡でうつした影は、そのまま消えず永世までのこる仕掛になっており、なにも怪しむべきことではなく薬品で影がうつる由《よし》で、日本でもできる、などと申しておりました。まことに迷惑千万のことでした」

島碕は、顔をしかめた。

川路は、

「色男のその方が私の身がわりになったのか」

と笑い、随員や家臣も声をあげて笑った。

中村は、連日、「ディアナ号」におもむき、長崎で会談以来の諸件についてポシェットと条約締結の事務折衝をおこなっていた。

その日の夕刻、ロシア艦からもどった中村が、こわばった表情で川路のもとにやってきた。

ポシェットとの対話中、急にポシェットがロシア艦修理場のことを持出した。応接掛は下田以外の地で修理することを認めないが、下田では修理が不可能であり、このままでは艦はいつかは沈没する。この下田で溺れ死ぬよりは、破損した艦で出帆し、修理に適した駿州、遠州の浦々を見分して大坂までゆくことも考えている、と悲痛な表情で言ったという。

「ポシェットの言葉は、決しておどしとは思えませせぬ。出帆することも十分にあるかと存じます。艦内の者どもは、いずれも切羽《せっぱ》つまった顔つきをいたしており、なにを仕出かすかわからぬ気配にございます」

中村の顔には、憂慮の色が濃かった。

ひんぱんにロシア艦におもむいている中村の言葉だけに、聞きながすことはできない、と川路は思った。

浸入する水を昼夜の別なく排出している艦の者たちは、日増しにいらだちをつのらせ、絶望感から突発的な行動に出ることも十分に予想される。さらにクリミア戦争で敵国となっているイギリス、フランスの軍艦がいつ出現するかも知れず、その恐れも絶えず感じているにちがいなく、艦内に恐慌状態に近いものがきざしているようにも思えた。

容易ならざる事態で、ロシア艦が出帆すれば、深傷を負った獣がさ迷い歩くように、痛手にたえかねて最寄りの港に入ることもするだろう。港は大混乱におちいり、ロシア艦が欠乏品を要求し、それがもとで紛争が起ることも予想され、最悪の場合は、ロシア艦の砲が火を吐く恐れもある。ロシア艦が手負いの野獣に化そうとしているのを感じた。

川路は、中村と顔を見つめ合った。幕府は、あくまでも下田で修理をさせるようにときびしく指示し、それをうけて応接掛は、一切の妥協をみとめず幕命をそのままロシア艦側につたえている。

川路は現状を江戸につたえ、幕府の態度を少しでも緩和させる以外に現状を打開する道はない、と思った。

そのことを中村に話すと、中村も同意見で、急飛脚で勘定奉行松平近直、石河政平あてに書状を急送することになった。川路は早速筆をとり、ロシア艦出帆の恐れがある現状を記し、出帆した折には監視のため廻船一艘を付きそわせると書きそえ、署名した。その書状は筒井と連名にするべきで、中村に、筒井が内容を容認して署名したらただちに江戸へ送るよう指示した。

さらに川路は、中村と話し合い、明日にでも、ロシア艦修復地の件についてロシア艦側と協議することもきめた。

ロシア艦側には、十日以内に幕府の意向をうかがった上で回答すると約束し、六日に村垣を菊地とともに出立させたが、それからすでに十日間が経過している。江戸からは老中の御用状が到来し、菊地も報告のため帰着しているので、その結果をロシア艦側につたえる必要があった。それに、その件についてロシア艦側と話し合いを持てば、ロシア艦側の切迫した空気も幾分かやわらぐことも期待された。

川路は、中村にそのことも筒井につたえるよう命じ、中村はあわただしく広台寺を出て行った。

翌日は晴天で、川路ら応接掛は玉泉寺に集った。

かねてロシア艦側との間で、海岸で川路の家の馬印をふった場合、それは会いたしという合図で、ロシア艦側の者が上陸するという取りきめをかわしていた。それにしたがって馬印をふると、すぐに「ディアナ号」からボートがおろされ、ポシェットが士官と従卒をともなって上陸してきた。

出迎えた中村がポシェットを玉泉寺に案内し、客殿で応接掛とポシェット、士官が向い合って坐った。

筒井が、幕府からの回答があったのでロシア艦修復の件で協議したい、と口をひらいた。幕府は下田で修復させるべきだという意向であり、ロシア艦の破損ははなはだ気の毒なので手厚く扱うようにと命じてきた、と述べた。

ポシェットは、修復するには艦を水際に横倒しにし、半ばは岸に、半ばは海にひたすような状態にしなければならず、下田のように風強く波荒い地では到底不可能であるという前言をくり返した。

川路は、ポシェットの表情をうかがいながら、幕府がロシア艦の破損に深く同情し、村垣に同行して江戸に行っていた菊地に下田へ引返すよう命じ、菊地は、夜を徹して道を急ぎ、帰着したことをつたえた。菊地が幕閣から命じられたのは、ロシア艦修理に応接掛が出来得るかぎり手をつくして助力するように、ということで、修復に必要な資材その他の調達も下田は便利なので、下田が修復に適している、と言った。

ポシェットは、表情をこわばらせ、幕府と応接掛の好意を謝した後、

「災害に見舞われて以来本日まで、破損した個所を帆布でおおい、乗組みの者一同、

必死をつくして浸入する水を汲み捨て、ようやくこれまでしのいできた次第です」

と、言った。眼には悲痛な光がうかんでいた。

ポシェットの顔を見つめていた川路は、ポシェットが突然、出帆することを荒々しい口調で口にするような予感がした。

筒井の低く、そしてやわらいだ声がした。

「先日も申し上げたごとく、アメリカ人が下田をよろしき港だと開港場として認めましたのにもかかわらず、貴国は好ましからざる港と申される。まことに解しかねることとは存ずるが、何分にもこの地では修復できがたいと言われる上は、致し方もなく、伊豆の国内で良き港があれば、そこを修復場とすることを自分どもの独断で認めてもよい」

その提案は、あらかじめ川路が筒井と話し合っていたもので、川路はポシェットの反応をうかがった。

ポシェットは、

「伊豆の国内に修復によろしき港があれば、艦の者たちは喜ぶことでしょう。何分にもこの下田では修復はできませぬ」

と、答えた。

川路は、さらにロシア艦が長崎に回航して修理をほどこすのも一案とし、その折には日本船を一艘付きそわせる、と提議した。

ポシェットは、その案に感謝の意をしめして長崎にむけ出帆することも考える、と述べ、

「ただし、途中、艦が破壊し航行できがたい有様になった折には、余儀なく最寄りの港に入ることをお認めいただきたい。その折には、日本の国法にしたがって行動し、また、その港がよろしき港であった場合も、その港を開港場にして欲しいなどとは決して申しませぬ。尚、途中、大坂にも立寄りません」

と、明快な口調で答えた。

川路は、

「道理にかなったお言葉、感銘を受けました。さりながら、伊豆の国内によろしき港があるやも知れず、いずれそれを一見なされた上で評議におよびましょう」

と、言った。

これによって、ロシア艦側は、調査員二人と従者二人の計四人を派遣して伊豆の海岸を見分することになった。

ポシェットは、西風が激しい時期なので小舟で海岸を見てまわるのは危険が多く、

海岸ぞいの道を行きたい、と言った。

　日米和親条約では下田での自由遊歩地域は七里四方とさだめられ、それ以外の地を異国人が踏むことは禁じられている。たとえ調査のためとは言え、伊豆の海岸を歩くのは国法に反することになるので、川路は、

「陸路には難所が多く、難儀すると存ずる」

　と、反対した。

「難所があろうとも、艦に乗組む多くの者の命を救うことを考えれば、いかなる難所もいといませせぬ。もっとも風がなければ、途中から舟に乗って見分いたします」

　ポシェットは、眼を光らせた。

「なるべく舟を使って見分していただきたい」

　川路の言葉に、ポシェットはそれ以上さからうことはせず、

「仰せのとおりにいたしましょう。使節にこのことをつたえ、早速見分に出発する用意をいたします」

　と、川路の指示を諒承した。

　下田奉行所では、前日に魚百斤《きん》、鶏二十羽、鶏卵千五百個その他白米、煙草、野菜、果物等を、またその日も海老二百、魚二百斤その他野菜、果物等をロシア艦に贈

ったので、ポシェットからそれに対する感謝の言葉もあった。

ポシェットは、士官らと玉泉寺を去った。

川路は、ポシェットとの話合いで、ロシア艦が出帆する恐れがうすらいだことを感じ、筒井たちの顔にも安堵の色がうかんでいた。しかし、伊豆の国の海岸を見分することをロシア艦側に許可したことは、応接掛の独断で、権限を有しているとは言え、幕府に事後承諾を仰がねばならなかった。そのため川路は、筒井との連名でそれを記し、江戸の勘定奉行あてに書状を急送した。

ロシア艦から陸揚げされた大砲について、奉行の都筑から報告があった。装備されていた大砲五十二門をすべて鵜島《うしま》に陸揚げしたので、艦の吃水《きっすい》がいちじるしく浅くなっている。砲は、海にむけて二列に横たえてならべられ、砲口に錆《さび》どめのためらしく大量の蠟《ろう》が塗られている。それらのかたわらに薦《こも》でつくった小屋がもうけられ、乗組員一人が番人として詰めているという。

砲の一部を陸揚げしたと思っていた川路は、一門のこらず陸揚げされているという都筑の報告に驚きを感じた。イギリスまたはフランスの軍艦が姿をあらわしても、ロシア艦に戦闘能力はなく、無防備であることにロシア艦に乗組む者は強い不安をいだいているにちがいない。が、そのことよりもかれらが当面最も恐れているのは、浸水による沈没で、そのため艦の重量を軽減するためすべての砲を陸揚げしたにちがいなかった。

川路は、艦が深刻な事態にあるのを強く感じた。

その夜、江戸で品川台場構築工事の総指揮にあたっていた江川英龍が、阿部正弘より災害後の下田取締りを命じられて下田につき、翌朝、川路のもとに訪れてきた。

川路は、江川と古くから洋学を介して親しく交流し、たがいに畏敬の念をいだいていて、江川を喜んで迎え入れた。

災害の状況、ロシア側との交渉経過を江川に説明し、前日、ポシェットとの会談で伊豆海岸見分が決定したいきさつを話した。

川路は、ロシア艦の調査員が修復に適した港を発見することを願っていたが、下田奉行所の者たちから下田にまさる港はないという話をきき、調査が徒労に終ることはまちがいない、と考えていた。そのことについて、伊豆の国の地勢を熟知している江川にただすと、江川は首をかしげ、

「豆州にそのような港は……」

と、言った。

推測どおりだ、と思ったが、川路は、その時はその時でなんとかなる、と胸の中で

つぶやいた。

その日、ポシェットから伊豆半島の東西両海岸を士官一、従卒一ずつを見分のため舟で出発させる、という連絡があり、川路は、都筑奉行に奉行所の普請役、小人目付をそれぞれ付きそわせるよう指示した。

士官たちを乗せた二艘の舟は湾口を出ると、左右にわかれて遠ざかっていった。

ロシア艦修復場問題の討議は、伊豆の東西両海岸を調査のため出発したロシア士官らの帰着待ちとなった。

ロシア艦側では、修復場に適した良港を伊豆の国で発見できるのではないかという期待をいだいているようだったが、川路ら応接掛は悲観的であった。奉行所の役人も江川も、ロシア艦側が希望するような港は存在しない、と言っているからであった。

川路は十一月十六日に筒井と連名で、ロシア艦が破損したまま下田を出港して大坂方面へむかうこともあり得る、と幕府に急報したが、十九日に阿部正弘からそれに対する返書が川路のもとに急飛脚で到来した。

その御用状の内容は、阿部ら老中の狼狽の激しさをあらわしていた。ロシア艦側は、下田にとどまれば沈没の恐れがあり、死を覚悟で下田を出て大坂方面にむかい、難破が予想された折には最寄りの港に入るという。そのようにロシア艦が彷徨にひとしい回航をすれば、沿岸の地に大混乱が起きる。川路と筒井の報告に驚いた阿部らは、協議の末、それを事前にふせぐ下知をつたえてきたのである。

阿部らは、これまでロシア艦修復を下田でおこなうべし、とくり返し命じてきていたが、艦が大坂方面にむかうことを回避させるため態度を一変して譲歩案をしめしてきた。

御用状には、「此度限《このたびかぎ》」りの特例として、江戸湾口の野比、長沢、久里浜三村のうち一個所の海浜を修復場として許す、と記されていた。それらの海浜は港ではないので波が荒く、それを理由にロシア艦側が不服を申立てることが予想されるが、「際限《さいげん》も無レ之儀に而《て》」、久里浜村より江戸湾の奥方向にある浦賀を修復場に、などと申しても、それは断じて許さぬ、と書きそえられていた。

御用状到来の連絡をうけた筒井ら応接掛が、川路のもとに集り、その内容について意見をかわした。もしも、それら三村の海浜にロシア艦が回航した場合、ロシア艦側は必ず修復不能とうったえ、近くの浦賀を修復地として強く要求するにちがいなく、事態は一層紛糾する。その結果、幕閣は、浦賀を修復地として提供せざるを得ず、対外政策で終始強硬論をとなえる徳川斉昭と老中たちとの間に大きな亀裂が生じることになる。

むろん洞察力をそなえた阿部は、そのような結果になることも予想しているはずで、それを念頭におきながら久里浜等三村の海浜の許可をつたえてきたにちがいなく、阿部の苦悩の深さが察せられた。

さらにその御用状とともに、江戸にとどまっていた村垣を趣旨説明のため二十日暁に下田へむけ出立させた、とつたえる書状もとどけられた。

その間、中村為弥は、森山栄之助とともにポシェットと事務折衝をくり返していた。

ロシア艦側は、条約の草案を提示し、その承認を要求したことから折衝はにわかに緊張の度を増していた。その条項の中には、開港場に切支丹の寺院建設、領事官吏の妻子の駐留がふくまれ、それらはいずれも国法で厳禁されていることなので、応接掛はその条項を削除し、さらに他の条項も大幅に修正した対案を作成して、中村と森山に強い態度で折衝するよう命じた。

中村らとポシェットの折衝は玉泉寺でおこなわれ、条約の草案と対案について激しい議論がかわされた。

双方主張をゆずらず、そのため深夜まで討議がくり返され、十一月二十一日にそれが最高潮に達した。

その日の四ツ（午前十時）から折衝がはじまり、最初から熱をおびた応酬がかわされた。切支丹寺院建設の件について、ポシェットは、日本人が神道、仏教を信仰するのと同様に、開港場に居留するロシア人が切支丹寺院を必要とするのは当然のことだ、と主張した。中村は、色をなして切支丹禁制は幕府創設以来の国の大法であり、断じて許されぬ、と拒絶した。

また、ポシェットが、人間の情として領事官吏が妻子をともなって在留するのを承認しないのは理解しがたいと強調し、中村は、女、子供の入国は国禁とされているので承認できぬ、と反論した。

昼食後もたがいに一歩もゆずらず、次第に声は大きくなった。森山は、中村の言葉を通訳するだけでなく、独自にオランダ語でポシェットと論議をたたかわし、ポシェットは、激しく首をふり、拳で卓をたたく。中村は顔を蒼白にして、刀に手をかけぬばかりの険悪な空気になった。

応酬がはてしなくつづき、やがてポシェットの顔に諦めの色がうかびはじめた。中村は、川路ら応接掛の作成した対案を押しとおす姿勢をくずさず、ついにポシェットは渋々とそれに応じ、ロシア側の条約草案は大幅に修正されて妥結した。夕七ツ（午後四時）であった。

ついで、北辺の国境画定問題についての討議に移り、再び激しい論議がかわされた。

千島については、エトロフ島以南は日本領、ウルップ島以北はロシア領と条約文に明記することが双方合意のもとにいちはやく決着したが、樺太の国境についての討議に入ると、意見は全く対立した。

ポシェットは、樺太の南部にあるアニワ湾附近のみが日本領で、他の地域はロシア領だと主張し、中村は、間宮林蔵らが幕命によって踏査した黒龍江河口をのぞむ地まで日本に所属する地だと反論した。さらに中村は、樺太から海峡をわたり黒龍江を遡航して満州の仮府デレンにまで達した間宮が、通過した地でロシア人に一切会わなかったことからも、沿海州すらロシア領ではなく満州に所属する地だ、と主張した。ポシェットは激怒し、沿海州はロシア領であり、間宮がデレンまで行ったなどということは作り話にすぎない、と怒声をあげた。

ただならぬ空気に、ポシェットに随行していた士官の一人が座をはずし、急いで「ディアナ号」にもどった。

やがて、士官とともにプチャーチンがやってきて、討論の席にくわわった。それによって議論は、一層激烈なものになった。プチャーチンも、間宮の満州行きはもとより黒龍江河口をのぞむ地まで踏査したという話は信をおけない、と発言し、中村と森山は、虚言などとは許しがたい侮辱だ、と激昂した。

そのやりとりの中で、森山がプチャーチンに、

「そのような愚しいことを申されるとは、呆れはてたお人だ」

と、オランダ語で言った。

それをポシェットの通訳で耳にしたプチャーチンは、たちまち顔を憤りで紅潮させ、

「大国の使節である私に、愚しいとはまことに無礼である」

と、強い口調でなじった。

ペリーをはじめ来航した異国人との交渉の場に数多く立合ってきた森山は、決してひるむことなく率直に対話する必要があるのを知っていて、

「私は普請役という軽い身分の者ではありますが、折衝役をおおせつけられた幕吏である。貴殿が大国の御使節であろうと、このような討論の場では対等である。愚しいから愚しいと思ったままを申した次第で、それを無礼也と申されるのは心得ませぬ」

と、威丈《いたけ》だかに反論した。

その態度に、プチャーチンは態度をやわらげ、

「貴殿の言うことは、理にかなっている」

と、言った。

中村は、村垣が常々口にしている国境画定の持論を持出した。村垣は、日本人と親密な関係にあるアイヌの居住区域を日本領とし、その他の地域はいずれの国にぞくしていようと関知しない、と断定していた。

この案について、プチャーチンもポシェットもことさら異論はとなえず、中村が、樺太国境画定で実地調査をおこなった村垣が江戸から下田にもどるのを待ってから協議したい、と申入れ、プチャーチンも諒承した。

これによって、条約の大綱はおおむね成った。夜四ツ（午後十時）すぎであった。

激論につぐ激論の模様は、蓮台寺村の広台寺にいる川路のもとにつぎつぎにつたえられ、川路は、その日の中村、ポシェットの事務折衝によって条約の輪郭がととのうだろうと予測し、さらにプチャーチンがその席にくわわったという報告を得て、それが現実なものになると考えた。

かれは、中村の帰りを待ったが、いつまでたってももどってこない。あまりにもおそいので、家臣に玉泉寺に行くよう命じた。

九ツ（午前零時）頃、家臣が中村、森山と連れ立って帰ってきた。途中で中村らと出会ったという。

川路は、二人から事務折衝の経過をきいた。予想どおり条約の大綱が、川路の望むとおり決着したことに満足し、そこまで漕ぎつけた中村の外交交渉の能力に感心し、また、プチャーチンに一歩もひかぬ態度で対した森山を心強くも思った。

かれは二人にねぎらいの言葉をかけ、腰をあげた。すでに時刻は八ツ（午前二時）をすぎ、狐の鋭い啼き声がしきりにきこえていた。

二十三日は曇天で、いつものように早朝に起きた川路は、大刀の素ぶりをした後、早足で村内を歩きまわった。

朝食を終えて間もなく、都筑奉行が川路のもとに訪れてきて、詫びをかねた報告をした。

昨日夕刻、伊豆の西海岸を舟で調査してまわっていたロシア艦の士官シルリング海軍大尉と従者が下田にもどってきたが、その帰路について、付きそいの普請役と小人目付が重大なあやまちをおかしたという。

シルリングは、西海岸の妻良、子浦、松崎、安良里《あらり》、土肥《とい》の各村を舟を北にすすませて見てまわり、戸田《へだ》村につくと上陸した。海岸を歩き、調査を終えたので下田にもどるという仕種をしてみせたため、帰途につくことになった。

海岸の見分は舟で、ということが川路ら応接掛とロシア艦側で取りきめられていたが、普請役と小人目付は、帰りは陸路でもさしつかえはあるまい、と考え、シルリングと従者を案内して戸田村から山ごえをして修善寺村へ出て温泉につかり、湯ケ島村をへて天城山をこえ、梨本宿で泊って昨日夕刻に下田へ帰ってきたという。

天城ごえの下田街道は、東海道にも通じる天下の公道で、そこをロシアの士官と従者を歩かせたという都筑の報告に、川路は言葉もなかった。あきらかに普請役と小人目付の失態で、都筑の責任問題でもあった。

都筑が去って間もなく、中村が森山とやってきた。

ポシエットが上陸してきて、西海岸を見分したシルリングが戸田村は艦の修復にきわめて適していると報告したので、戸田村を修復場として提供して欲しい、と言ったという。

「使節をはじめ乗組の者たちはたがいに喜び合い、使節は喜びのあまり、セルリンゴ（シルリング大尉）に付きそって行った奉行所の小吏に酒をふるまった由です。明朝にも出帆し、その地にまいりたいとのことでございます」

中村は、半信半疑の表情をしながらもはずんだ声で言った。

伊豆の国にはロシア艦側が満足するような港はないと思っていた川路は、信じがたい思いで、

「戸田村とはどのような地か」

とたずねると、中村は、奉行所の者たちにきいたが、だれも知らず、むろん伊豆の国の地図にものっていないという。

「明朝出帆することを容認する、とつたえてもよろしいでしょうか」

中村が、川路の顔を見つめた。

艦の修復場を江戸湾口の久里浜等まで認めている老中たちが、伊豆の国の地が修復場とすることに決定したとすれば、大いに喜ぶはずであった。

「もちろんである。筒井殿も同意見と思う。出帆するのに準備することも多いはずで、それにはわれらも出来得るかぎりの助力をしなければならない。このことについて、一同、仮奉行所に寄合い打合わせをしよう。その旨、応接掛に連絡するように……」

川路の言葉に、中村はうなずき、腰をあげた。

意外な結果に、川路は茫然としていた。ロシア艦の調査員が修復場として好適と言うからには、戸田村という地は下田よりもそれに適した条件をそなえているのだろ

う。

かれは、戸田村とはいかなる地か、という趣旨の書簡をしたため、それを下田にきている江川英龍のもとにとどけて返事をもらってくるよう家臣に命じた。

しばらくして家臣が、江川の返書を手にしてもどってきた。その書簡には、江川も全く知らず、手代《てだい》に命じて早速その地を調査する、と書かれていた。江川が知らず地図にものっていない戸田村という地が、不思議な地に思えた。

いずれにしても、その地に「ディアナ号」がおもむくことが決定したかぎり、その地での受入れ態勢をととのえておく必要がある。最も重要なのは、上陸する五百余人のロシア艦乗組員に対する警備であった。下田で上陸を許しているのは、プチャーチンをはじめとした会談に同席する者とその従者だけで、基本的に一般の乗組員の上陸は禁じている。が、戸田では艦の修理のため全乗組員を上陸させることになり、その行動を厳重に取締まらねばならない。

夕七ツ（午後四時）すぎ、江戸に派遣されていた村垣が、旅装姿のまま川路のいる広台寺に姿をみせた。村垣は二十日七ツ半（午前五時）に江戸を出立、程ケ谷、小田原、大仁村で泊りをかさね、道を急いで蓮台寺村に入ったのである。

ロシア艦修復場として久里浜等を特例として許すという老中たちの趣意を説明する

ため下田にもどってきた村垣は、川路から修復地が戸田村に決定したことをきき、老中たちの意向にもかなう、と言って喜んだ。さらに川路は、条約の大綱がほぼさだまったことをつたえ、樺太の国境画定についてそれに精通した村垣が下田にくるのを待ちかねていた、とも言った。

下田仮奉行所での打合わせが七ツ半（午後五時）からおこなわれることになっていたので、川路は村垣と同道して仮奉行所の稲田寺におもむいた。

応接掛全員が集り、まず村垣がロシア艦修復場について老中たちが憂慮していたことを説明し、それも戸田村に決定したことで解消した、と言い、川路らはただちに戸田村を修復場とすることについての協議に入った。

中村が、シルリング大尉に付きそって戸田村におもむいた奉行所の普請役と小人目付から聴取した結果を報告した。普請役と小人目付の話によると、戸田村の港は、長い岬が突き出ていて風波をさえぎり、港内はきわめて広い。シルリングは、舟が港に入ると、なにかしきりに声をあげ、喜んでいる様子であったという。

また、中村は、戸田村の半ばが沼津藩主水野忠良の藩領、他が旗本小笠原順三郎の知行所《ちぎょうしょ》であることも口にした。

戸田村がそのような良港であったのか、と応接掛たちは口々に言い、中村のひろげた地図で戸田村の位置を確認した。海岸ぞいの道をゆくと戸田村は下田から二十里、修善寺村経由の天城ごえの道では十七里であった。

戸田村にロシア艦がおもむくことが決定したかぎり、その地での受入れ態勢をととのえなければならない。艦の修復のため上陸する乗組員を取締る態勢を至急ととのえると同時に、かれらの宿舎もさだめておかねばならない。

その現地指図役に随員の上川伝一郎が指名され、明日夜明け前に戸田村へ出立することになった。また、奉行所の普請役郡司宰助と坂臺三郎がただちに戸田村に先行することになり、二人は稲田寺を出ていった。

戸田村をロシア艦修復場とすることにともなう諸件について、応接掛たちは話し合った。

まず、「ディアナ号」の戸田村回航を伊豆の国の西海岸一帯の浦々につたえるため、下田奉行所支配の地には下田奉行から、その他の地には川路から直接浦触れを出すことにし、ただちに手配した。

「ディアナ号」は破損しているので、日本の大型帆船を付きそわせ、そこに奉行所役人と少人数のロシア艦乗組員を乗せる。「ディアナ号」の破壊した大型ボートは陸岸で修理を終えているが、万一のことを想定して大型の艀一艘を貸与する。

戸田村での宿所については、プチャーチンと士官には民家を提供し、一般乗組員は急いで仮屋を建築し、そこに収容する。かれらの遊歩区域は十町四方かぎりとし、その境界に柵をもうけて見張りの小屋をおく。取締りは、戸田村の半ばが沼津藩領であるので、下田の警備をしている沼津藩兵を戸田村にまわすよう藩主水野忠良に要請し、また村をロシア艦修復場として借りることも諒承を得る。

中村とポシェットの打合わせで、条約締結の会談は下田で続行することにきまっているので、「ディアナ号」出港後、ポシェットは数名の随員とともに下田にのこり、玉泉寺を宿所とする。プチャーチンは提督でもあるので、艦に乗ってゆかねばならないが、戸田村に到着後、会談のため下田へもどる。その折には天城ごえの公道は使用せず、嶮岨ではあるが海岸ぞいの道をたどらせる。プチャーチンには駕籠を提供し、普請役、小人目付を付きそわせる。

上川は、これらの取りきめを入念に書きとめていた。

雨の音がしはじめ、協議は九ツ（午前零時）すぎに終った。応接掛たちは、駕籠に乗って雨の中をそれぞれの宿所にもどっていった。

広台寺に入った川路は、江戸の勘定奉行あてに戸田村がロシア艦修復場にきまったこととその地の取締方法などを克明に記した書状をしたため、就寝した。

翌朝ロシア艦が出港するというので、川路は、七ツ（午前四時）に起床し、そうそうに朝食をすますと、家臣とともに下田へむかった。雨はあがっていた。

玉泉寺近くの海岸に行くと、中村やポシェットらが、港の犬走島の近くにうかぶ「ディアナ号」を見つめていた。ポシェットの話によると、大砲を陸揚げしたので艦の吃水が浅くなり、浸水も毎時十八インチから九インチに半減しているという。龍骨が破損しているので、その部分をおさえるため船体に太綱をまいてある。破壊した舵の代用舵の組立作業を陸岸でおこない、それも完了して取りつけられ、大型ボートの修理もすべて終っているという。

「ディアナ号」の前方に日本の帆船が碇泊していたが、その六百石積の船には、奉行所の役人と通詞堀達之助、それにエンクヴィスト海軍大尉指揮の十八人の乗組員が乗っていた。

川路たちは、「ディアナ号」に眼をむけていたが、いつまでたっても動く気配がない。そのうちに、艦からボートがおろされ、岸についた。ポシェットに近寄った士官が、代用舵がきかず、その修理のため今日は出港を中止したことをつたえた。士官の表情は暗く、ポシェットも気づかわしげな眼をして「ディアナ号」を見つめていた。

川路は、あらためて艦の損傷が想像以上に大きく、到底外洋を航行できる状態ではないのを感じた。

玉泉寺にゆくと、筒井、伊沢、松本、古賀が姿をあらわし、川路は勘定奉行あてに書いた書状を筒井に見せた。筒井に異存はなく、さらにロシア艦が代用舵の故障で今日の出港を取りやめたことを書きくわえ、奉行所の役人に急飛脚で江戸へ送るよう指示した。

川路は、伊豆の西海岸を調査したシルリング大尉に付きそっていった普請役と小人目付を呼ぶよう都筑奉行に命じた。都筑は二人が謹慎中であるが、と言い、使いの者を出した。

やがて、二人がやってきて廊下に平伏した。シルリングと従者を天城ごえさせたことをきびしく難詰されると思っているらしく、かれらの顔は青ざめていた。

川路は、それにはふれず、近くにまねき、地図をひろげさせてシルリングが下田を舟で出てから戸田村の港に入るまでの経過をたずねた。

普請役は、何度も額を畳にすりつけながらふるえをおびた声で話しはじめた。石廊崎をまわり波勝《はがち》岬をかわして舟は北上し、松崎をすぎ、シルリングは安良里の港に関心を寄せた。そこは突き出た岬にかこまれていて外洋の波をふせぎ、港内は湖面のようにおだやかだった。しかし、港がいかにもせまく、シルリングは、さらに舟を北にむかわせた。

土肥《とい》をすぎ、戸田村の港に入った時、シルリングは驚くような大きな声をあげた。港は、安良里と同じように外洋の風波をうけず、しかも広い。シルリングは上陸してからも、港を見わたしながら興奮している様子だったという。

川路は、普請役に戸田村の港の図を描かせた。南から北にかけて鳥の嘴《くちばし》のような形の岬が長く突き出ていて、港はほぼ円型に近い。港の岸は？　と問うと砂浜だと普請役は答え、艦の修復に適しているのを知った。

普請役と小人目付を退出させ、川路は、戸田村の港の図を眼にしながら筒井らと話し合った。

安良里と戸田の港に共通しているのは、岬が鋭く突き出ていることで、風波をうけず艦の修復に好都合なのだろう。それに、海洋を通過する船から艦の姿が見えぬことも、シルリングは好ましいと考えたにちがいなかった。

プチャーチンをはじめ「ディアナ号」の乗組員たちは、クリミア戦争で敵対国となっているイギリス、フランスの軍艦の影におびえている。両国の軍艦は、東洋海域でもロシア艦の艦影をもとめて積極的に行動し、傷ついた「ディアナ号」を恰好な攻撃目標とするはずであった。プチャーチンらが艦の修復地として下田を激しく嫌うのは、風波をまともに受けることもあるが、港が外洋にひらかれていて敵国の軍艦から容易に発見されるからであった。シルリングが安良里に関心をいだき、戸田の港を見出したことを喜んだのは、軍事的にも安全な地であるのを知ったためにちがいなかった。

海岸で見張りをしていた奉行所の役人が、「ディアナ号」の士官を玉泉寺に案内してきた。

士官は、日本側が提供した艀は大きすぎるので、小さいものに替えて欲しいと申入れた。むろん異存はなく、森山がその手配をし、艀の積みかえをした。

夜になり、応接掛たちは仮奉行所を出て、蓮台寺村に引返し、川路の宿所である広台寺に集った。時刻は四ツ半（午後十一時）をすぎていた。

村垣もきて、主として樺太国境問題について話し合い、この件については村垣が談判を担当することになった。散会したのは、明け方近くであった。

翌日も晴天であったが、川路のもとに奉行所から使いの者がきて、風が強いためその日もロシア艦は出港をとりやめたと連絡してきた。碇泊位置から湾口まですすみ出たが、代用舵のききが悪く、引返したという。

その夜は雨になり、翌朝になってもやまなかった。

「ディアナ号」は、その日も出帆しないと思われたが、奉行所から五ツ（午前八時）すぎに日本の船とともに出港していったという連絡があり、川路は安堵した。風も弱く、航行できると判断したにちがいなかった。

それから間もなく、中村が、戸田村に派遣した上川伝一郎からの書状が急飛脚で来着したと言って、川路のもとにやってきた。その書状には、戸田村の地勢とその取締り方法が記されていた。

戸田村から外部に通じる道としては、沼津、修善寺村、井田村、土肥村への四つの道しかない。いずれも嶮岨な幅七、八尺の山道で、そこに木戸門をもうけ、左右に柵矢来をして箱番所を建てれば、十分に外部との通行を取締ることができる。沼津藩領にある禅寺の宝泉寺は広く、プチャーチンをはじめ士官らすべての収容が可能であり、ただし便所の新設と畳がえをする必要がある。下士官以下の水兵の宿所には、宝泉寺の北にある長さ二十五間、幅二十三間の耕地に仮小屋を急造し、人家に面した二方に板塀、他の二方に柵矢来をはる予定である。総じて港はきわめてよろしく、取締も好都合な地である、とむすばれていた。

その書状で、上川が機敏に戸田村でのロシア艦受入れ態勢をととのえていることを知り、川路は、かれが実務をこなす才にめぐまれているのを感じた。

　翌二十七日、嘉永が安政に改元されたことが公布された。

　風が強く、翌日はさらに激しさを増した。その日、昨二十七日付の上川からの書状が中村のもとに到来した。

　上川は、二十六日朝、「ディアナ号」が下田を出帆したという報せを受け、二十七日に戸田村の遠見船を港外に出した。もどってきた遠見船の船頭の報告によると、「ディアナ号」の帆影をいったんは望見したが、すぐに見うしなったという。上川は、「ディアナ号」が安良里にでも船がかりしたのかも知れぬと考え、普請役の郡司宰助を安良里に急いで出立させたという。

　中村からその書状を渡された川路は、不安になった。

　二十四日、二十五日と「ディアナ号」は出港を見合わせ、それは代用舵がきかぬことと風が強いためであった。ようやく一昨日の朝、微風になったので出港していったが、昨日から強い西風が吹き、今日も風はさらに激しさを増している。当然、昨日あたりには戸田村の港に入っていてもよいはずなのに、遠見船がいったんは見た帆影をすぐに見うしなったということは、強風に航行をさまたげられてさ迷っているのか、どこかの港に避難しているのか。

「吹きながされたりはしないと思うが……」

川路が暗い眼をして言うと、中村も、

「大事にいたらねばよいのですが、気がかりです」

と、顔をしかめた。

その日、老中よりの御用状が送られてきて、戸田村でのロシア艦修復は、韮山代官所が近いので代官の江川に事務担当を申付けたことが通達された。

「ディアナ号」の消息が不明であることを憂えた筒井ら応接掛が、川路のもとに集ってきた。かれらは、寺の境内の樹木が風に激しくゆれているのを不安そうな眼で見つめていた。

八ツ（午後二時）頃、中村が急飛脚でとどいた上川からの書状を手にあわただしく座敷に入ってきた。それは前夜の四ツ（午後十時）に出した書状で、夜を徹して戸田村から急飛脚で宿継ぎをしてとどけられたものであった。

書状に視線をすえた川路らは、危惧していたことが現実になったのを知った。

戸田村にいる上川のもとに、江川の手代からの書状が急飛脚で送られてきた。それによると、江川代官の支配所である東海道筋の原宿近くの一本松新田の海岸に、日本の船が烈風に吹きながされて岸に乗りあげて破壊し、異国人二十人ほどが上陸した。

また、原宿より西方三里の吉原宿小須浜の一里ほど沖合に、異国船がうかんでいるのが望見できるという。

日本船は、あきらかにエンクヴィスト海軍大尉を指揮者とした十八名の「ディアナ号」乗組員を乗せた船にちがいなかった。その船が浜に打ちあげられて破船したことは、時化《しけ》になって激しい波にもまれたことをしめしている。「ディアナ号」は海上にうかんでいるというが、船の生命というべき龍骨を破損した上に、艦がかなりの損傷をうけているにちがいなかった。

さらに上川の書状には、普請役の坂臺三郎と小人目付を一本松新田に出立させたことも記されていた。上川は、坂に「ディアナ号」の状態をしらべさせ、また上陸したロシア人たちを戸田村に護送するよう命じたのである。

最悪の事態になったことに、川路らは顔色をうしない、「ディアナ号」の無事を祈るだけであった。

ロシア側の記録によると、「ディアナ号」は、十一月二十六日朝、下田港を出港し、幸い微風であったので、付きそいの日本船とともに石廊崎をまわり、北上した。風向が不規則なので三度変針し、五時間後に安良里港沖七マイルの位置に達した。風が逆風になったので艦は逆もどりして松崎湾に入ろうとしたが、水深が浅く、西風が強くなったので危険と判断し、湾に入ることを断念した。

日が没し、午後八時頃から風は南西にかわって吹きつのり、艦は激しく動揺しながら北へむかった。帆の操作を工夫して海岸に激突するのをふせいでいたが、代用舵が船板から裂け、ただちに改修作業に取りくんだ。艦の航行は困難になり、岩礁に乗りあげぬよう絶えず水深を計測し、二十七日午前三時半頃、水深四十三メートルの位置ですべての帆をおろし、二本の錨を投げた。付きそいの日本船も帆が裂けて危険になったので、陸岸にむかい、乗りあげた。

「ディアナ号」では、休むことなくポンプで排水作業をつづけた。風は相変らず強く艦は激浪にもまれ、浸水は増して沈没の危険が予想された。

夜が明け、前方に富士山が見えた。乗組員たちは、「ディアナ号」が夜のうちに北にながされ、戸田村から五里北西の方向にある吉原宿に近い宮島村の沖約百八十メートルの位置にいるのを知った。艦では、第三の錨を投げた。

その日、乗組員たちは、必死になって排水作業をつづけ、夜に入り、二十八日朝をむかえた。風は静まらず、船体はゆるんで浸水は四十インチに達し、艦は沈下した。

航行は全く不可能で、プチャーチンをはじめ士官たちは協議し、乗組員を避難させることを決断した。その方法として大型ボートで「ディアナ号」を陸岸方向にひくことになった。

　太綱が艦にむすびつけられ、おろされたボートがその太綱をひいて艦をはなれた。ボートは、逆巻く激浪にはげしく上下しながら海浜にむかった。

　浜には、おびただしい日本人たちが集って艦を見まもっていたが、ボートの目的に気づいた男たちが、流されぬように体に綱をまきつけて波の中に身をおどらせた。そして、ボートに泳ぎついて太綱をつかむと岸に引返し、浜に待ちかまえていた男女とともにそれをひき、松の幹にむすびつけた。

　司祭ワシーリイ・マホフは、その折のことを「フレガート・ディアーナ号航海誌」に、

「善良な、まことに善良な、博愛の心にみちた民衆よ！　この善男善女に永遠に幸あれ。末永く暮らし、そして銘記されよ――五百人もの異国の民を救った功績は、まさしく日本人諸氏のものであることを！　あなた方のおかげで唯今生き永らえている私たちは、一八五五年一月四日の出来事を肝に銘じて忘れないであろう！」（高野明、島田陽訳）

　と、感謝の念を記している。

　ついで、七人乗りのボートが岸について、日本人に引きあげられたが、すでに夕闇

は濃く作業は中止された。

翌二十九日明け方、風はややしずまった。艦では夜を徹して排水作業がおこなわれたが、浸水は船倉の最下甲板にまで達していた。

後甲板にのこっていた龍骨の破片で筏がくまれ、ボートとともに上陸作業がはじまった。プチャーチンをはじめ乗組員、負傷者、医師、司祭らが、教会所属品、航海日誌などとともにそれらに分乗した。ボートと筏は、陸岸にはられた太綱をつたって、波浪にもまれながらすすみ、浜に待つ日本人たちがそれらを岸にあげた。

最後に下士官たちがボートに分乗して海岸にひきあげられ、午後四時、奇跡的にも一人の死傷者もなく全員が救助された。

（下巻につづく）

|著者| 吉村 昭　1927年東京生まれ。学習院大学国文科中退。'66年『星への旅』で太宰治賞を受賞する。徹底した史実調査には定評があり、『戦艦武蔵』で作家としての地位を確立。その後、菊池寛賞、吉川英治文学賞、毎日芸術賞、読売文学賞、芸術選奨文部大臣賞、日本芸術院賞、大佛次郎賞などを受賞する。日本芸術院会員。2006年79歳で他界。主な著書に『三陸海岸大津波』『関東大震災』『陸奥爆沈』『破獄』『ふぉん・しいほるとの娘』『冷い夏、熱い夏』『桜田門外ノ変』『暁の旅人』『白い航跡』などがある。

新装版《しんそうばん》　落日《らくじつ》の宴《うたげ》　勘定《かんじょう》奉《ぶ》行《ぎょう》川《かわ》路《じ》聖謨《としあきら》（上）

吉村《よしむら》 昭《あきら》

講談社文庫

定価はカバーに
表示してあります

2014年6月13日第1刷発行

発行者――鈴木　哲
発行所――株式会社　講談社
東京都文京区音羽2-12-21　〒112-8001
電話 出版部（03）5395-3510
　　 販売部（03）5395-5817
　　 業務部（03）5395-3615

Printed in Japan

デザイン―菊地信義
製版――慶昌堂印刷株式会社
印刷――慶昌堂印刷株式会社
製本――加藤製本株式会社

ISBN978-4-06-277852-7

講談社文庫刊行の辞

二十一世紀の到来を目睫に望みながら、われわれはいま、人類史上かつて例を見ない巨大な転換期をむかえようとしている。

世界も、日本も、激動の予兆に対する期待とおののきを内に蔵して、未知の時代に歩み入ろうとしている。このときにあたり、創業の人野間清治の「ナショナル・エデュケイター」への志を現代に甦らせようと意図して、われわれはここに古今の文芸作品はいうまでもなく、ひろく人文・社会・自然の諸科学から東西の名著を網羅する、新しい綜合文庫の発刊を決意した。

激動の転換期はまた断絶の時代である。われわれは戦後二十五年間の出版文化のありかたへの深い反省をこめて、この断絶の時代にあえて人間的な持続を求めようとする。いたずらに浮薄な商業主義のあだ花を追い求めることなく、長期にわたって良書に生命をあたえようとつとめるところにしか、今後の出版文化の真の繁栄はあり得ないと信じるからである。

同時にわれわれはこの綜合文庫の刊行を通じて、人文・社会・自然の諸科学が、結局人間の学にほかならないことを立証しようと願っている。かつて知識とは、「汝自身を知る」ことにつきていた。現代社会の瑣末な情報の氾濫のなかから、力強い知識の源泉を掘り起し、技術文明のただなかに、生きた人間の姿を復活させること。それこそわれわれの切なる希求である。

われわれは権威に盲従せず、俗流に媚びることなく、渾然一体となって日本の「草の根」をかたちづくる若く新しい世代の人々に、心をこめてこの新しい綜合文庫をおくり届けたい。それは知識の泉であるとともに感受性のふるさとであり、もっとも有機的に組織され、社会に開かれた万人のための大学をめざしている。大方の支援と協力を衷心より切望してやまない。

一九七一年七月

野間省一

講談社文芸文庫

佐伯一麦

日和山

佐伯一麦自選短篇集

解説=阿部公彦　年譜=著者

「私」の実感をないがしろにしない作家は常に、「人間が生きて行くこと」を見つめ続けた。処女作から震災後の書き下ろしまで、著者自ら選んだ九篇を収めた短篇集。

978-4-06-290233-5

さN2

小島信夫

公園／卒業式

小島信夫初期作品集

解説=佐々木敦　年譜=柿谷浩一

一高時代の伝説的作品「裸木」や、著者固有のユーモアの淵源を示す「汽車の中」「ふぐりと原子ピストル」など、〈作家・小島信夫〉誕生の秘密に迫る初期作品十三篇を収録。

978-4-06-290232-8

こA8

大西巨人

地獄変相奏鳴曲

第一楽章・第二楽章・第三楽章

十五年戦争から現代に至る日本人の精神の変遷とその社会の姿を圧倒的な筆致で描いた「連環体長篇小説」全四楽章を二分冊で刊行。旧作の新訂篇である第三楽章までを収録。

978-4-06-290235-9

おU2

群ようこ　浮世道場
群ようこ　馬琴の嫁
室井佑月　Piss《ピス》
室井佑月　子作り爆裂伝
室井佑月　ママの神様
室井佑月
丸山あかね　プチ美人の悲劇
村山由佳　すべての雲は銀の…(上)(下)
村山由佳　永遠。
室井滋　ふぐママ
室井滋　心ひだひだ
室井滋　うまうまノート
室井滋　気になり飯《めし》〈うまうまノート②〉
村野薫　死刑はこうして執行される
睦月影郎　義《あ》姉《ね》〈武芸者　冴木澄香〉
睦月影郎　有《う》情《じょう》〈武芸者　冴木澄香〉
睦月影郎　忍《しのび》萌《もえ》
睦月影郎　変《かわり》萌《もえ》
睦月影郎　卍《まんじ》萌《もえ》
睦月影郎　甘《あま》蜜《みつ》三《ざん》味《まい》

睦月影郎　平成好色一代男　独身娘の部屋
睦月影郎　平成好色一代男　清純コンパニオンの好奇心
睦月影郎　平成好色一代男　和装セレブ妻の香り
睦月影郎　新・平成好色一代男　秘伝の書
睦月影郎　新・平成好色一代男　元部下のOL
睦月影郎　新・平成好色一代男　隣人と。女子アナと。
睦月影郎　帰ってきた平成好色一代男　一の巻
睦月影郎　武家娘〈明暦江戸隠密控〉
睦月影郎　Gのカンバス
睦月影郎　密通妻
睦月影郎　姫《ひめ》遊《あそび》
睦月影郎　肌《はだ》褥《しとね》
睦月影郎　影《かげ》舞《まい》
向井万起男　渡る世間は「数字」だらけ
向井万起男　謎の1セント硬貨〈真実は細部に宿る　in USA〉
村田沙耶香　授乳
村田沙耶香　マウス
村田沙耶香　星が吸う水
森村誠一　暗黒流砂

森村誠一　殺人の花客
森村誠一　ホームアウェイ
森村誠一　殺人のスポットライト
森村誠一　殺人プロムナード
森村誠一　流星の降る町〈『星の町』改題〉
森村誠一　完全犯罪のエチュード
森村誠一　影の祭り
森村誠一　殺意の接点
森村誠一　レジャーランド殺人事件
森村誠一　殺意の逆流
森村誠一　情熱の断罪
森村誠一　残酷な視界
森村誠一　肉食の食客
森村誠一　死を描く影絵
森村誠一　エネミイ
森村誠一　深海の迷路
森村誠一　マーダー・リング
森村誠一　刺客の花道
森村誠一　殺意の造型

森村誠一　ラストファミリー
森村誠一　夢の原色
森村誠一　ファミリー
森村誠一　虹の刺客(上)(下)〈小説・伊達騒動〉
森村誠一　雪煙
森村誠一　殺人倶楽部
森村誠一　ガラスの密室
森村誠一　作家の条件〈文庫決定版〉
森村誠一　死者の配達人
森村誠一　名誉の条件
森村誠一　真説忠臣蔵
森村誠一　霧笛の余韻
森村誠一　悪道
森村誠一　悪道　西国謀反
森瑤子　夜ごとの揺り籠、舟、あるいは戦場
守誠　3分単〈1日3分・「簡単パズル」で覚える・英単語〉
森詠　吉原首代　左助始末帳
毛利恒之　月光の夏
毛利恒之　地獄の虹

毛利恒之　虹の絆〈ハワイ日系人　母の記録〉
森まゆみ　抱きしめる、東京〈町とわたし〉
森田靖郎　東京チャイニーズ〈裏歌舞伎町の流氓たち〉
森田靖郎　TOKYO犯罪公司《コンス》
森博嗣　すべてがFになる〈THE PERFECT INSIDER〉
森博嗣　冷たい密室と博士たち〈DOCTORS IN ISOLATED ROOM〉
森博嗣　笑わない数学者〈MATHEMATICAL GOODBYE〉
森博嗣　詩的私的ジャック〈JACK THE POETICAL PRIVATE〉
森博嗣　封印再度〈WHO INSIDE〉
森博嗣　まどろみ消去〈MISSING UNDER THE MISTLETOE〉
森博嗣　幻惑の死と使途〈ILLUSION ACTS LIKE MAGIC〉
森博嗣　夏のレプリカ〈REPLACEABLE SUMMER〉
森博嗣　今はもうない〈SWITCH BACK〉
森博嗣　数奇にして模型〈NUMERICAL MODELS〉
森博嗣　有限と微小のパン〈THE PERFECT OUTSIDER〉
森博嗣　地球儀のスライス〈A SLICE OF TERRESTRIAL GLOBE〉
森博嗣　黒猫の三角〈Delta in the Darkness〉
森博嗣　人形式モナリザ〈Shape of Things Human〉
森博嗣　月は幽咽のデバイス〈The Sound Walks When the Moon Talks〉

森博嗣　夢・出逢い・魔性〈You May Die in My Show〉
森博嗣　魔剣天翔〈Cockpit on knife Edge〉
森博嗣　今夜はパラシュート博物館へ〈THE LAST DIVE TO PARACHUTE MUSEUM〉
森博嗣　恋恋蓮歩の演習〈A Sea of Deceits〉
森博嗣　六人の超音波科学者〈Six Supersonic Scientists〉
森博嗣　捩れ屋敷の利鈍〈The Riddle in Torsional Nest〉
森博嗣　朽ちる散る落ちる〈Rot off and Drop away〉
森博嗣　赤緑黒白〈Red Green Black and White〉
森博嗣　虚空の逆マトリクス〈INVERSE OF VOID MATRIX〉
森博嗣　φ《ファイ》は壊れたね〈PATH CONNECTED φ BROKE〉
森博嗣　θ《シータ》は遊んでくれたよ〈ANOTHER PLAYMATE θ〉
森博嗣　τ《タウ》になるまで待って〈PLEASE STAY UNTIL τ〉
森博嗣　ε《イプシロン》に誓って〈SWEARING ON SOLEMN ε〉
森博嗣　λ《ラムダ》に歯がない〈λ HAS NO TEETH〉
森博嗣　η《イータ》なのに夢のよう〈DREAMILY IN SPITE OF η〉
森博嗣　目薬α《アルファ》で殺菌します〈DISINFECTANT α FOR THE EYES〉
森博嗣　イナイ×イナイ〈PEEKABOO〉
森博嗣　キラレ×キラレ〈CUTTHROAT〉
森博嗣　タカイ×タカイ〈CRUCIFIXION〉

講談社文庫　目録

椰月美智子　しずかな日々
椰月美智子　みきわめ検定
椰月美智子　枝付き干し葡萄とワイングラス
椰月美智子　坂道の向こう
椰月美智子　ガミガミ女とスーダラ男
椰月美智子　市立第二中学校２年Ｃ組〈10月19日月曜日〉
八幡和郎
八幡衣代　『篤姫』と島津・徳川の五百年 日本でいちばん長く成功した二つの家の物語
柳　広司　ザビエルの首
柳　広司　キング&クイーン
柳　広司　怪　談
薬丸　岳　天使のナイフ
薬丸　岳　闇の底
薬丸　岳　虚　夢
薬丸　岳　刑事のまなざし
矢野龍王　極限推理コロシアム
矢野龍王　箱の中の天国と地獄
山本　優　京都黄金池殺人事件
山下和美　天才柳沢教授の生活 ベスト盤〈The Blue Side〉〈The Red Side〉
山下和美　天才柳沢教授の生活 ベスト盤〈The Green Side〉〈The Orange Side〉

矢作俊彦　傷だらけの天使〈魔都に天使のハンマーを〉
山崎ナオコーラ　論理と感性は相反しない
山崎ナオコーラ　長い終わりが始まる
山田芳裕　へうげもの　一服
山田芳裕　へうげもの　二服
山田芳裕　へうげもの　三服
山田芳裕　へうげもの　四服
山田芳裕　へうげもの　五服
山田芳裕　へうげもの　六服
山田芳裕　へうげもの　七服
山田芳裕　へうげもの　八服
山田芳裕　へうげもの　九服
山田芳裕　へうげもの　十服
山本兼一　狂い咲き正宗〈刀剣商ちょうじ屋光三郎〉
山本兼一　黄金の太刀〈刀剣商ちょうじ屋光三郎〉
矢口敦子　傷　痕
山形優子フットマン　なんでもアリの国イギリス なんでもダメの国ニッポン
柳内たくみ　戦国スナイパー〈信長との遭遇篇〉
柳内たくみ　戦国スナイパー〈謀略・本能寺篇〉

山口正介　正太郎の粋 瞳の洒脱
山本文緒・文
伊藤理佐・漫画　ひとり上手な結婚
夢枕　獏　大江戸釣客伝(上)(下)
柳　美里　家族シネマ
柳　美里　オンエア(上)(下)
柳　美里　ファミリー・シークレット
唯川　恵　雨　心　中
由良秀之　司　法　記　者
吉村　昭　新装版 日本医家伝
吉村　昭　私の好きな悪い癖
吉村　昭　吉村昭の平家物語
吉村　昭　暁　の　旅　人
吉村　昭　新装版 白い航跡(上)(下)
吉村　昭　新装版 海も暮れきる
吉村　昭　新装版 間宮林蔵
吉村　昭　新装版 赤　い　人
吉村　昭　新装版 落日の宴(上)(下)
吉田ルイ子　ハーレムの熱い日々
吉川英明　新装版 父 吉川英治

2014年６月15日現在